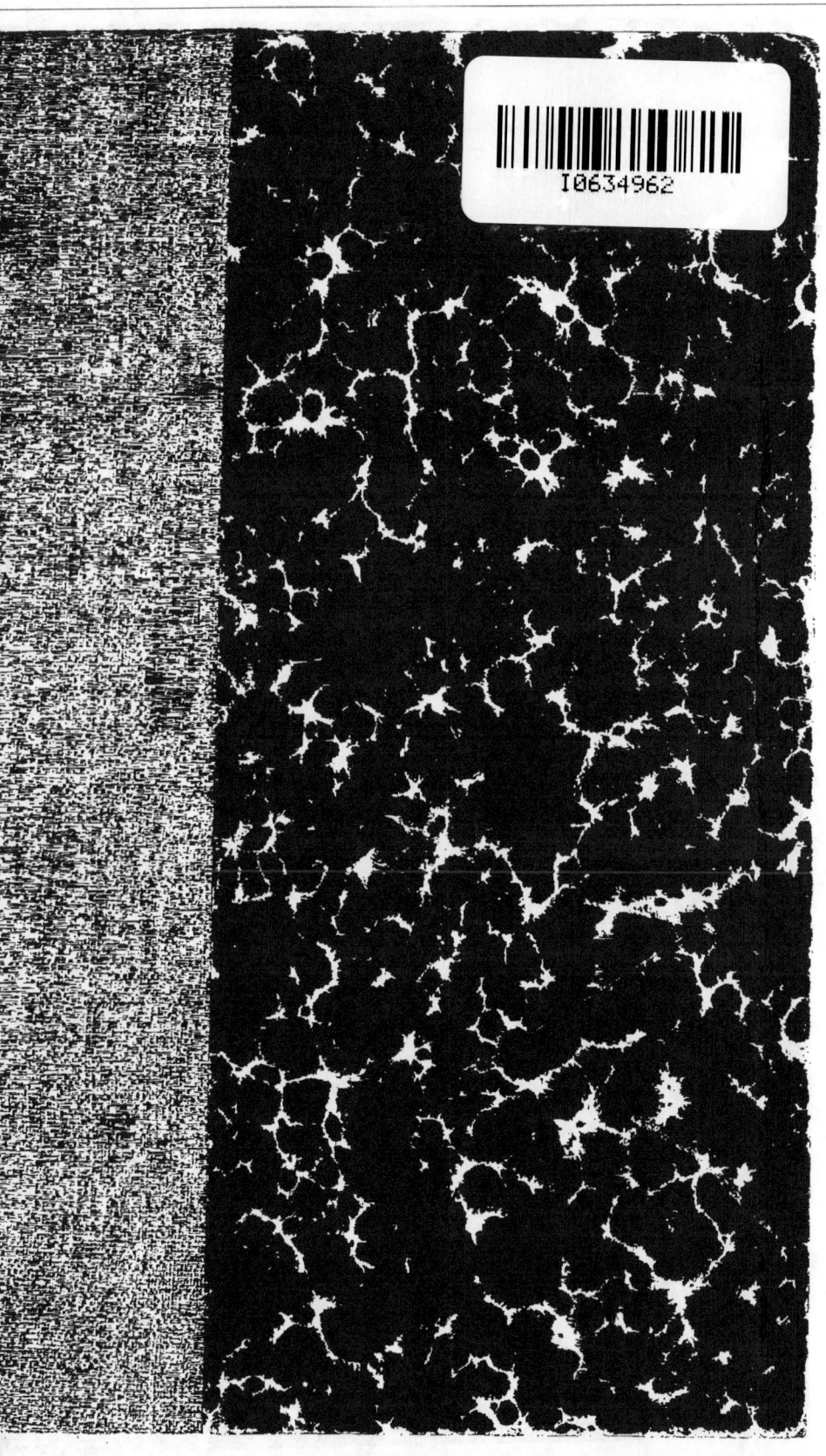

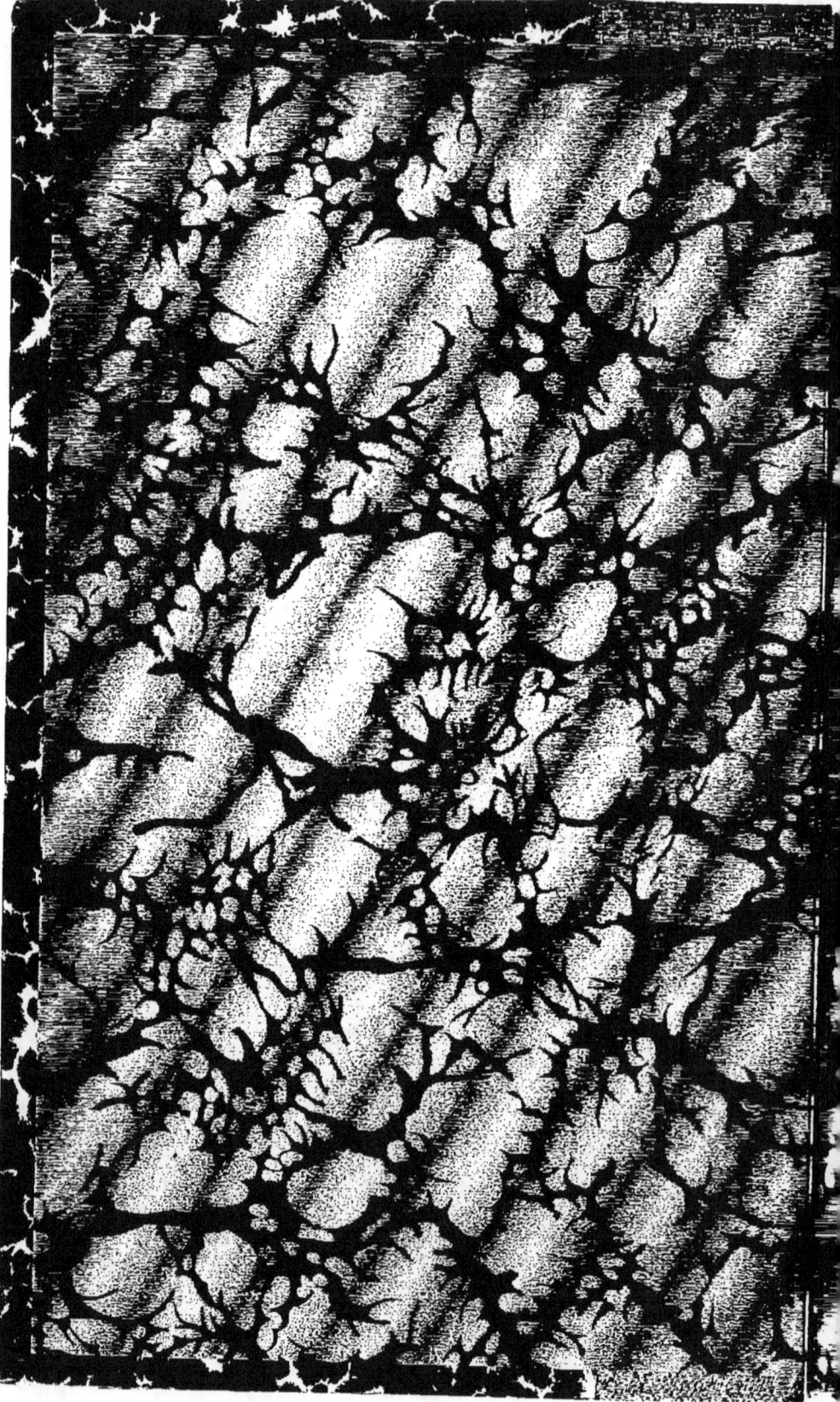

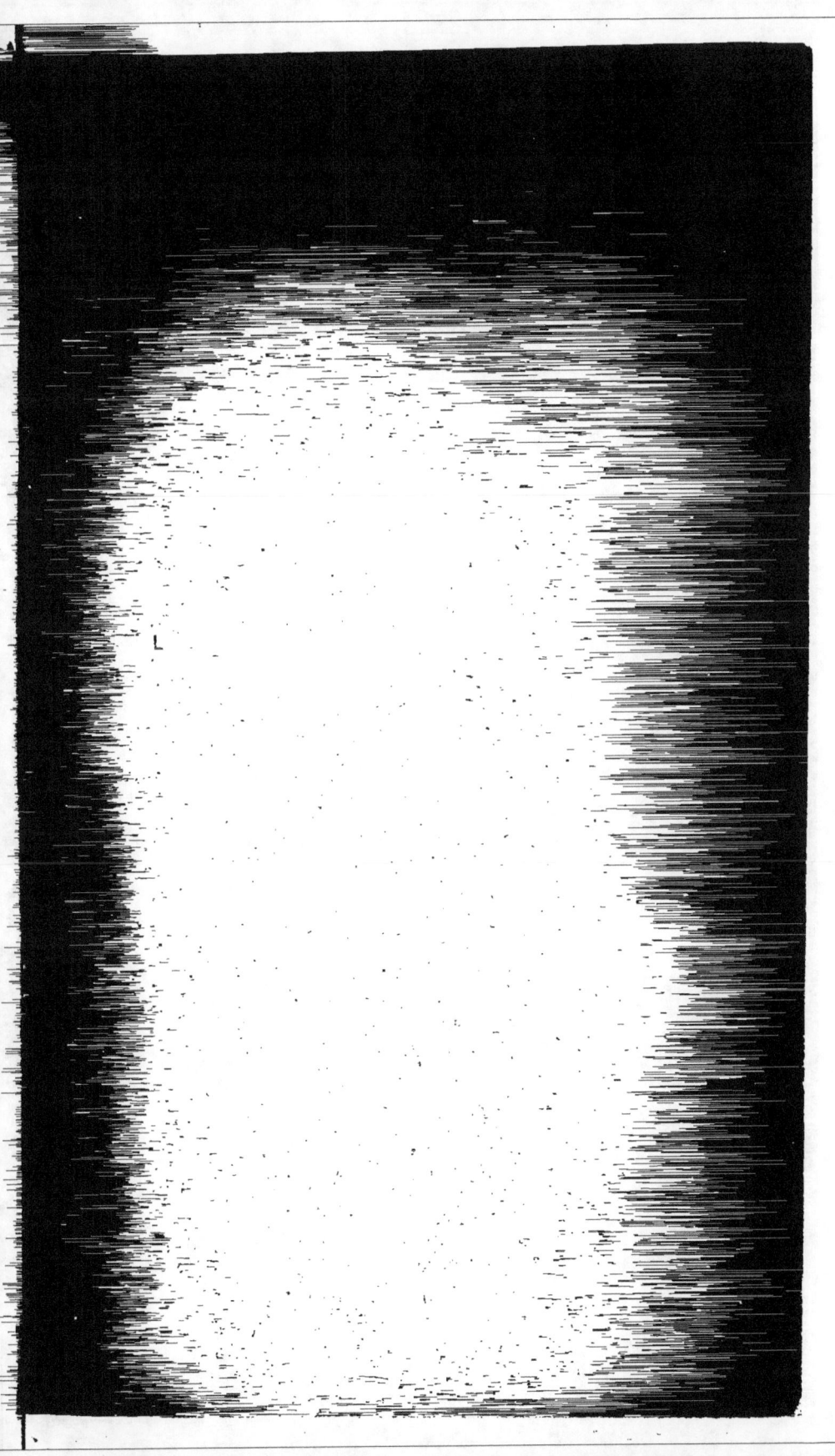

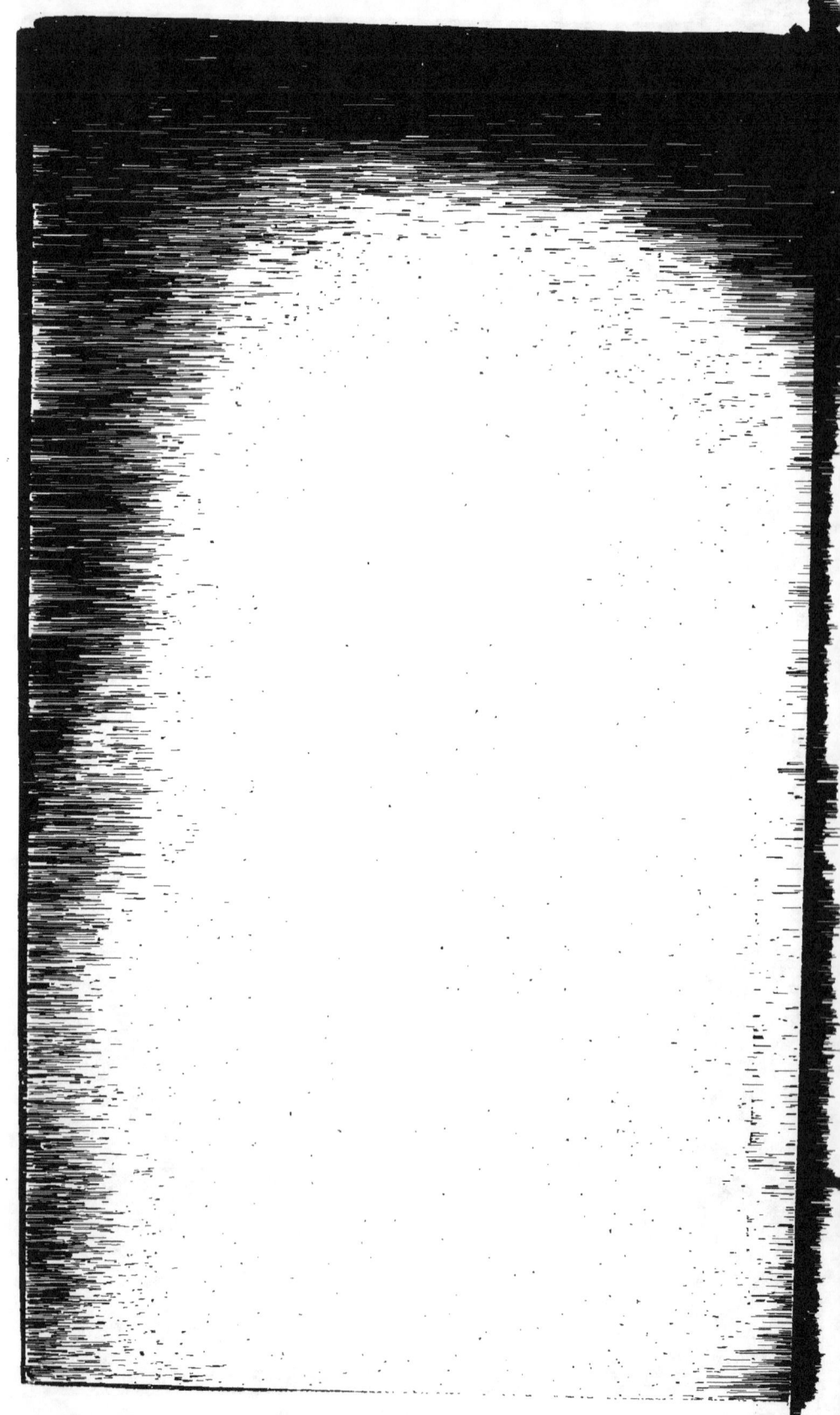

# LE LIVRE
# des Ballades

*soixante ballades choisies*

FAC ET SPERA

P*A*RIS

Alphonse Lemerre, Éditeur

27-31, PASSAGE CHOISEUL, 27-31

M DCCC LXXVI

LE

# LIVRE DES BALLADES

Il a été tiré de ce livre :

50 exemplaires sur papier de Chine
& 50 — sur papier Whatman.

Tous ces exemplaires sont numérotés & paraphés
par l'éditeur.

# LE LIVRE

# des Ballades

*soixante ballades choisies*

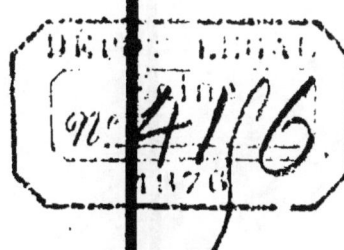

*PARIS*

Alphonse Lemerre, Éditeur

3 1, PASSAGE CHOISEUL, 3 1

—

M DCCC LXXVI

# AVERTISSEMENT

N nous a su gré de donner le livre des Sonnets. Voici le livre des Ballades. C'est un recueil de ballades françaises. Ces poëmes n'ont, on le sait, rien de commun avec les ballades importées d'Allemagne par les romantiques de 1830. La ballade de Villon & de Marot est une fleur du pays de France ; la forme en est régulière & le parfum discret. C'est en l'honneur de ce vieux rhythme que nous avons composé le présent livre

*L'éditeur de la* Pléiade Françoise *n'a joint épousé la colère de Joachim du Bellay contre les ballades & les chants royaux; il fait le prix de ces vieux poëmes restaurés de nos jours par Théodore de Banville.*

ALPHONSE LEMERRE.

# HISTOIRE

# DE LA BALLADE

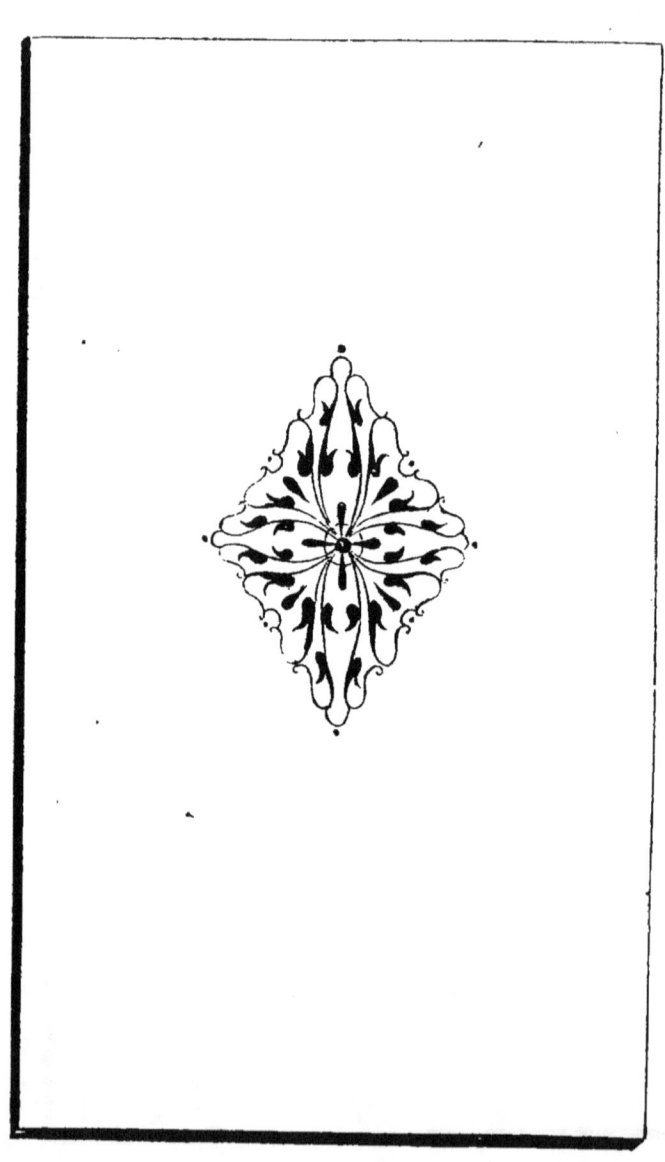

# HISTOIRE DE LA BALLADE

———

L en eſt des genres littéraires
comme des livres : ils ont leurs
deſtinées.

Les uns s'épanouiſſent & ſe per-
pétuent ſur le ſol où ils ſont nés.
D'autres, importés de l'étranger, s'implantent
& proſpèrent, deviennent nationaux & populaires.

Il en eſt d'autres encore qui n'ont qu'une
faiſon d'un demi-ſiècle ou d'un quart de ſiècle,
& qui meurent avec la génération qui les a
pris en faveur.

D'autres enfin ont, comme dit le Maître, leurs
« pertes du Rhône », apparaiffent & difpa-
raiffent felon des lois myftérieufes & fatales
que la critique hiftorique a miffion de décou-
vrir & d'expliquer.

En France, où la mobilité du caractère national foumet toutes chofes à l'alternative, où le
goût eft infini dans fes variations & dans fes
*modes*, ces viciffitudes font plus fréquentes que
partout ailleurs. Dans les arts une loi générale
préfide à ces évolutions, loi de compenfation
& d'équilibre entre les deux fources principales
du génie français, l'imagination & la raifon, ou,
pour nous conformer au langage de la polé-
mique actuelle, le *bon fens* & le fens artifte.

Toute l'hiftoire de notre littérature notamment roule entre ces deux termes : revanches
perpétuelles de l'efprit de raifonnement fur le
génie poétique, & de celui-ci fur celui-là.

Les époques artiftes s'inquiètent de la langue
& des formes, remontent l'inftrument poétique,
renouvellent le matériel des moyens d'expreffion.

Les époques de raifonnement démontrent,
enfeignent, difcutent, propagent, grandes aùffi
dans leur inquiétude du vrai, dans leur amour
expanfif de l'humanité & du bien.

Lorſque, au commencement de ce ſiècle, on
ſentit la néceſſité de rendre à la langue poétique
l'énergie & l'éclat qu'elle avait perdus pendant
cent cinquante ans de diſcuſſions & de luttes,
on ſe retourna naturellement vers les époques
de poéſie floriſſante. On alla rechercher la
tradition de l'art oubliée près des derniers
lyriques, ceux de la Renaiſſance & du règne
de Louis XIII. Le beſoin de regagner de la
ſoupleſſe & de la préciſion fit reprendre en goût
les vieux rhythmes, exerciçes de la rime & de
la meſure. Le Sonnet, le Rondeau abandonnés
après Voiture & La Fontaine reparurent ; le
Triolet même retrouva des dévots. La Ballade
ſeule fut négligée, ou plutôt fut omiſe, non par
dédain, j'aime à le croire, mais par mégarde, ou
du moins, par malentendu. On paſſa près d'elle
ſans la reconnaître.

Délaiſſée dès le xviiᵉ ſiècle, au temps de
Molière, alors que le Rondeau & le Sonnet floriſ-
ſaient encore, la Ballade n'était pas ſeulement
oubliée ; elle était méconnue. Elle n'avait eu
ni un Benſerade, ni un Voiture pour illuſtrer
ſon déclin. Une étrangère avait pris ſa place,
& l'avait ſi bien remplacée, qu'on ne la connaîſ-
ſait plus.

Clairs de lune, châteaux en ruine hériſſant

les monts, lacs myſtérieux hantés par les Elfes, chevaliers-fantômes ſurgiſſant viſière baiſſée dans l'oratoire des châtelaines, courſiers infernaux emportant au galop les amants parjures, amoureuſes Ondines tapies dans les roſeaux, ſpeſtres, apparitions, vampires, échos fallacieux, couvents profanés, chaſſeurs aventureux trouvés morts un matin dans la clairière, Dieu ſait de quelle faveur vous avez joui de 1820 à 1835! Dieu ſait le compte des têtes que vous avez tournées, des cœurs que vous avez fait battre, & auſſi avec quelle ardeur tu as été courtiſée & pourſuivie de roc en roc, le long de ton vieux fleuve, toi, Lorelei! fée capricieuſe & fugitive des bords du Rhin, Muſe de la BALLADE ALLEMANDE! Tout fut Ballade alors : la jeune fille filant ſon rouet, le vieux ſeigneur pleurant ſon fils mort à la bataille, le châtiment des ſoldats blaſphémateurs emportés par le diable, le voyageur égaré par le feu follet pendant la nuit, le ſabbat des moines ſacriléges dans le cloître abandonné! Tout s'en mêla, le piano comme la lyre, & le pinceau, & le crayon. Pas de tableau ſans tour féodale & ſans fantôme, pas de chant qui n'eût pour accompagnement le *trap-trap* infernal, ou le tintement de la cloche maudite, ou le vol tourbillonnant des efprits. Et ni le poëte, ni le muficien, ni le peintre ne fe doutaient qu'ils intronifaient un bâtard, & que ce genre *nouveau*, que cette importation étrangère qu'ils fêtaient avec en- thoufiafme n'était au fond que la *Romance.*

Remarquons en paffant que ces prétendues Ballades allemandes s'appellent proprement des *Lieds* (Lieder), mot qui · fe traduirait exacte- ment en français par celui de *Lai,* d'où l'on a tiré Virelai, & qui caractérifa pendant le moyen âge un genre de poéfie particulier, analogue au conte ou au fabliau : *Lai de la Dame de Faël, Lai du Roffignol, Lai d'Ariftote,* &c. (Voir notamment les poéfies de Marie de France éditées par De Roquefort, Paris, 1832.)

Les Allemands, plus fidèles que nous à l'éty- mologie, ont donné le nom de Lieder ·à des ·chanfons hiftoriques ou légendaires, complaintes quelquefois,· en ftances & · fans refrain, où l'on retrouve le tón & le genre des anciens *Lais* fran- çais du XIII^e fiècle.

Les Ballades de Gœthe font des Lieder ; celles de Bürger s'appellent fimplement Poéfies (*gedichte*); celles de Schiller font ou des Lieder, ou des Chants (*gefange*). Si les uns & les autres ont quelquefois donné pour fous-titre à leurs poëmes le mot *Ballade,* c'eft un effet de la même confusion qui a fait attribuer vulgairement ce nom à de certaines cantilènes ou complaintes populaires, par exemple à la complainte du *Juif-Errant ;* & c'eft une fantaifie qui n'engage à rien en français.

Et voilà comment une bouffée d'air allemand pouffée par les vents du Rhin eft venue chez nous obfcurcir une queftion d'étymologie & a effacé du répertoire poétique un des plus anciens genres nationaux.

Le vieux genre français proteftait cependant, publiquement & en pleine lumière de luftre, chaque fois qu'au Théâtre-Français on jouait *les Femmes favantes,* & que Vadius, follicité par Philaminte de manifefter fon génie, touffait en déroulant fon cahier : — *Hum ! c'eft une Ballade ; & je veux que tout net vous m'en...* Pourquoi une Ballade ? L'auteur le favait ; le public ne le favait plus. Ce n'eft pas fans raifon que Molière, voulant préfenter fon Vadius comme le type accompli du pédant, en fait un rimeur de Ballades, de préférence à tout autre poëme. Le Sonnet était encore trop goûté, malgré les Cotins & les Orontes, le Rondeau trop bien en cour avec Benferade, Voiture & Sarrazin. La Ballade feule était un genre affez archaïque, affez *paffé de mode & furanné,* comme dit

Triffotin, pour agréer à un amateur de vieilleries,
à un cuistre en *us*, bardé de grec & de .latin.
Ménage, l'original préfumé du perfonnage de
Vadius, Ménage qui, en horreur du langage
vulgaire, célébrait fes amours en italien & en
grec, fe ferait peut-être permis le français
dans la Ballade ; il ferait même furprenant
qu'il ne l'eût pas fait.

Si Vadius n'eût pas été fi rudement interloqué
par fon introducteur, ce n'eft pas une romance
qu'il eût récitée, ni une complainte, ni quoi que
ce foit en ftances d'un nombre indéterminé, de
coupe & de mefure arbitraires. Il eût défilé de
fa voix chevrotante trois ftrophes d'égale lon-
gueur & de même mefure, correctement com-
pofées fur les mêmes rimes, & les eût couron-
nées, en guife de bouquet, d'une demi-ftrophe
adreffée fous titre d'Envoi à Philaminte ou à
Bélife, où il eût accumulé, marié & fondu
toutes les grâces de fon éloquence & toutes les
fineffes de fon efprit. Surtout il eût fait briller
fon adreffe en ramenant heureufement à la fin de
chaque ftrophe & de l'Envoi un même vers,
refrain de fes doléances ou de fon efpoir. Il fe
fût bien gardé, en outre, d'entrelacer capricieufe-
ment les rimes mafculines & les féminines,
fachant que leur ordre eft déterminé par des

principes rigoureux defquels dépend la perfec-
tion de la Ballade. Voilà ce qu'aurait fait
Vadius, en poëte exaɕ & inſtruit des bonnes
traditions; & ainſi il eût reɕtifié d'avance la
déſinition du diɕtionnaire de l'Académie qui, au
mot *Ballade,* n'indique ni le nombre des
ſtrophes, ni leur meſure, & qui ne parle pas de
l'Envoi.

Il va ſans dire que cette Ballade ſuppoſée
n'çût eu d'autre ridicule que celui de ſon auteur,
de même que le Sonnet du carroſſe ne fait rire
qu'aux dépens de Triſſotin.

La Ballade eſt donc un genre ſpécial, ayant
ſa forme propre, ſes lois fixes & inviolables.
C'eſt de plus un genre national, né du ſol, non
moins que le Rondeau *né gaulois,* ni que le
Sonnet, invention des vieux trouvères, rapporté,
& non apporté, de Florence par Du Bellay.
Peut-être même eſt-elle l'aînée de l'un & de
l'autre?

Le premier traité de poétique imprimé en
français, celui de Henri de Croï, publié par
Antoine Vérard, en 1493 [1], en donne les règles

1. L'Art et Science de rhétorique *pour*
*faire Rigmes & Ballades.* Paris, imp. par Anthoine
Vérard, in-4º gothique. Réimpr. par Crapelet en 1832.

précises qui n'ont pas varié depuis. Ces règles
font les mêmes que nous avons rappelées tout
à l'heure, pour les faire appliquer au pédant
Vadius. Pourtant le précepteur du xvᵉ siècle est
autrement explicite & autrement minutieux que
nous ne l'avons été. Il reconnaît d'abord trois
espèces ou trois variétés de Ballades, *Ballade
commune, Ballade balladante* et *Ballade fra-
trisée.* De ces trois variétés la Ballade commune
est le type. C'est par celle-là qu'il commence,
& c'est fous ce nom qu'il développe les règles
compliquées qu'une monographie ne saurait se
dispenser de citer, au moins en résumé :

« Ballade commune doict avoir refrain & trois
couplets & Envoy de Prince, duquel refrain
se tire toute la substance de la Ballade... Et *doit
chacun couplet par rigueur d'examen avoir
autant de lignes que le refrain contient de
syllabes.* Si le refrain a huit syllabes, la Ballade
doit être formée de vers huictains. Si le refrain
a neuf syllabes, les couplets seront de neuf
lignes, &c. » Ce n'est pas tout : de même
que l'étendue du refrain gouverne l'étendue de
la strophe, de même le plus ou moins de lon-
gueur de la strophe régit & modifie la corres-
pondance & l'entrelacement des rimes : dans la
strophe de huit vers les rimes sont simplement

2

croifées; dans celle de neuf vers, & au delà, les
quatre premiers vers feulement font en rimes
croifées; le refte, fuivant le précepte de Henri
de Croï, doit fe régler ainfi qu'il fuit : « Les
cinquième, fixième & huitième vers font de
pareilles terminaifons, différentes aux premières,
& le feptième & le neuvième pareils & diftin-
gués à tous autres. » Dans la ftrophe de dix
vers « le cinquième rimera avec le quatrième ;
les fixième, feptième & neuvième font de pareille
terminaifon ; le huitième & le dixième égaux en
confonnance ». Enfin, « fi le refrain a *fix*
fyllabes, les couplets feront de *onze* lignes, les
quatre premières fe croifant, la cinquième & la
fixième pareilles en rimes ; les feptième, huitième
& dixième égales en confonnance, les neuvième
& onzième de pareille termination. — Et eft
auffi à noter que tout envoi a fon refrain pareil
comme les autres couplets ; mais il ne contient
que cinq lignes au plus, & prend fes terminaifons felon les dernières lignes defdits couplets. »
J'omets, pour ne pas compliquer davantage
cet écheveau de menus préceptes, les indica-
tions relatives aux Ballades balladantes, fratrifées
& redoublées, qui toutes dérivent de la Ballade
commune. Les curieux les pourront aller cher-
cher dans le livre d'Henri de Croï, heureufe-

ment réimprimé, comme je l'ai dit en note, au commencement de ce fiècle. On peut néanmoins juger de l'importance de la Ballade au xv⁰ fiècle par l'étendue qui lui eft accordée dans un traité de poétique où le Rondeau n'eft encore que le Rondeau fimple, le *Rondel* de Charles d'Orléans, & où le Sonnet n'eft même pas nommé.

. Le Sonnet, en effet, n'a eu tout fon luftre qu'au fiècle fuivant ; & ce n'eft guère qu'à la fin du xvᵉ fiècle que le Rondeau a reçu fa forme définitive. La Ballade les a précédés l'un & l'autre de deux cents ans dans la gloire. Le xivᵉ fiècle fut fa période d'éclat & d'honneur. Elle eft alors le genre préféré & adopté, le genre des genres, le patron claffique & populaire de l'infpiration poétique. On faifait des rimes fous le titre de *Livre des cent ballades,* fignées de noms divers & quelquefois illuftres. L'un de ces recueils, fignalé par M. Paulin Pâris [1], porte les noms de Jean de Werchiu, fénéchal de Hainaut, Philippe d'Artois, Jean Boucicaut, duc d'Orléans, duc de Berry, La Trémouille, Bucy, le bâtard de Coucy, &c. Au moment où Antoine Vérard imprimait l'*Art & Science de rhétorique,* la Ballade avait déjà fes illuftrateurs, Jean de

---

1. *Manufcrits de la bibliothèque du roi,* t. VI.

Lefcurel, Guillaume de Machault, Jean Froiffart, l'hiftorien, Euftache Defchamps, Chriftine de Pifani, Alain Chartier, Charles d'Orléans, Villon, Henri Baude, Guillaume Crétin, Roger de Collerye, auxquels devaient fe joindre, au fiècle fuivant, Clément Marot, & plus tard Voiture, Sarrazin & La Fontaine.

Henri de Croï, il eft vrai, ne dit rien de l'origine de la Ballade, & n'en nomme point l'inventeur. Mais en ces temps anciens, on le fait, il n'y a point d'inventeurs ; le poëte & l'artifte s'appelaient multitude. Poëmes & cathédrales étaient l'œuvre de tous & du temps.

L'opinion commune des érudits [1] eft que ces anciens rhythmes français, Sonnet, Rondeau, Ballade, &c., ont été mefurés, calqués fur des airs notés, airs à chanter ou à danfer. Sonnets, rondes, ballets ont effectivement le même fens, de chant ou de danfe. Il y a eu là quelque chofe d'analogue au fyftème poétique des Grecs & des Arabes, dont les rhythmes poétiques fe

---

1. En particulier celle de M. Anatole de Montaiglon, un des jeunes favants qui ont pénétré le plus profondément dans l'étude de notre ancienne poéfie françaife, et dont les confeils nous ont été précieux dans le cours de ce petit travail.

ramènent tous à un certain nombre de types
& de patrons, de « timbres », comme auraient
dit les anciens vaudevillistes du Caveau.

C'est au reste le sentiment exprimé par Étienne
Pasquier, dans ses *Recherches*, à propos du
Sonnet, mot que les Italiens, dit-il, *ont
repris de notre ancien estoc :* — « Ode grec
& Sonnet italien ne signifient autre chose que
chanson. »

Il n'est pas jusqu'à « mot » lui-même qui
n'ait eu temporairement, il est vrai, le même
sens, au témoignage d'Huet, évêque d'Avranches,
dans ses *Dissertations :* — « *Mot & son,* dit-il,
signifiaient autrefois la parole & le chant dont
était composée la chanson ; *mot* a depuis passé
au chant, témoin *motet...* »

On sait par trop d'exemples que les anciens
rhythmes, devenus plus tard purement littéraires,
se chantaient primitivement. Gérard de Nerval
a déjà relevé le passage du *Roman comique* où
une servante d'auberge chante en lavant sa
vaisselle une Ode du « vieux Ronsard ». Colletet,
dans son *Art poétique,* cite un Sonnet d'Olivier
de Magny dont « toute la cour du roy Henry
second fist tant d'estime, que tous les musiciens de
son temps, jusqu'à Rolland de Lassus, travail-
lèrent à le mettre en musique, & le chantèrent

mille fois avec un grand applaudiffement du roy & des princes. »

Saint-Amand, dans le petit traité hiftorique qui précède les *Nobles Triolets*, opine que ce nom leur a été donné autant parce qu'ils fe chantaient à trois (en trio), felon la vieille mode du théâtre, qu'à caufe du vers qui s'y répète trois fois.

Y eût-il de l'équivoque fur ce point au fujet du Triolet, ou du Sonnet même, il ne faurait y en avoir pour la Ballade dont le nom dénonce trop clairement l'origine : ballets, danfes.

C'eft donc fur un air noté, connu, populaire, fur un air à danfer qu'aura été réglé cet entrelacement de rimes que Boileau déclare capricieufes, lui qui pourtant trouvait de la naïveté dans la complication du Rondeau.

C'eft fans doute auffi un air noté qui aura fervi de modèle au *Chant-Royal*, contemporain de la Ballade, & qui peut-être lui a fourni l'Envoi qu'elle n'a pas à l'origine.

Lequel eft l'aîné, du Chant-Royal ou de la Ballade? On ferait tenté de croire que c'eft le premier, fi l'on ne confidérait que l'Envoi. L'Envoi, — *l'Envoy de Prince*, comme dit de Croï, — ce gentil appendice, cette adreffe refpectueufe & gracieufe, femble bien en effet

appartenir en propre au Chant-Royal. C'était
un hommage, un renvoi au poëte couronné du
précédent concours, qui prenait le titre de Roi
& donnait la matière, le fujet du concours fuivant, & non, comme on pourrait le croire
d'abord, une dédicace au prince régnant, au
fouverain du pays.

Pourtant cette formule courtoife & galânte ne
pouvait-elle exifter d'ailleurs ? Je crois qu'on en
pourrait trouver des exemples dans les chanfons
du xiii<sup>e</sup> fiècle. Il eft notamment une chanson du
roi Thibaut commençant ainfi :

*Chanter m'es tuet, que ne m'en puis tenir,*

chanfon en ftrophes de huit vers, fans refrain,
& qui fe termine par une demi-ftrophe, dont
voici le premier vers :

*Dame, mercy, qui toz les biens avès.*

N'eft-ce pas là une forme d'envoi ?

Henry de Croï parle du Chant-Royal, mais
brièvement & comme pour mémoire, après
s'être longuement étendu & complu dans fon
analyfe de la Ballade : — « Champt Royal,
dit-il, fe recorde aux Puys où fe donnent cou-

ronnes & chapaulx à ceulx qui mieulx le sçavent
le faire ; & se faict à refrain, *comme Ballades ;*
mais y a cinq couplets & envoy. »

« Comme Ballades », notez cela : c'est peut-
être là la marque de postériorité. Mais ne
semble-t-il pas que, dans cette brève mention,
Croï parle un peu ironiquement de la royauté
des Puys, des couronnes & des chapeaux qu'elle
confère ?

Le Chant-Royal pourrait donc n'être que la
Ballade développée, & l'envoi de la pièce de
concours ne serait qu'une application académique d'un usage déjà admis en poésie.

Estienne Pasquier, qui ne se prononce pas sur
la question de priorité, dit seulement que le
Chant-Royal convient mieux aux sujets graves
& pompeux, & que la Ballade a « plus de
liberté ».

Eh ! sans doute, la Ballade est libre. Elle n'est
assujettie à aucun ton, ni à aucune inspiration
spéciale, ni à la majesté, ni à la pompe, ni à la
tristesse, ni à la gaieté. Elle n'est point con-
damnée, comme la plaintive Élégie, à s'habiller
de deuil & à aller pleurer, les cheveux épars, dans
les cimetières. Rien ne l'oblige à se parer de
fleurs des champs, comme l'Idylle, ni à secouer
les grelots, comme la Chanson. Son caractère

eſt dans le rhythme, & nullement dans le ſentiment, ni dans le ſujet. Auſſi n'eſt-il point de ton
qu'elle n'ait pris, de ſentiment ou d'idée qu'elle
s'interdiſe : tour à tour pompeuſe avec Marot,
guerrière avec Euſtache Morel, amoureuſe & mélancolique avec Charles d'Orléans, mignarde
avec Froiſſart, ironique & badine avec Voiture
& Sarrazin. Villon l'a faite à ſon gré, cynique
dans ſa peinture du logis de la Groſſe Margot,
pieuſe & ſéraphique dans ce cantique à la Vierge,
écrit pour ſa mère, que Théophile Gautier com-
pare aux peintures primitives des vitraux & des
miſſels, à un lis immaculé s'élançant du cœur d'un
bourbier.

Mais cette diſtinction d'Eſtienne Paſquier ne
tranche-t-elle pas les deux rôles ? D'un côté
le genre académique, ſolennel, formaliſte ; de
l'autre un produit ſpontané, œuvre de tous,
invention populaire ou nationale, un rhythme
ſimple & obéiſſant, ſe prêtant à tout, parlant de
tout ſans préjugé & ſans reſtriction, & devenant
à un moment donné la forme préférée, courante,
adoptée partout, en haut & en bas, à la cour
comme à la halle. Et, je le demande, lequel des
deux ſera le type ? Lequel aura hérité de
l'autre, ou ſe ſera modelé ſur lui ? A la queſ-
tion ainſi poſée il y a, ce me ſemble, une réponſe

facile : les académies adoptent, elles régle-
mentent, elles confacrent, elles couronnent, mais
elles n'inventent pas. L'invention naît de la
multitude & de la liberté ; elle n'eft jamais
fortie d'un concours. Et c'eft pourquoi, pour
donner la priorité à la Ballade fur le Chant-
Royal, & pour reconnaître en elle la création
primitive, le genre-mère, le type, il me fuffit de
ces couronnes & de ces « *chapaulx* » dont
Henry de Croï parle, à ce qu'il me femble, un
peu du bout des lèvres.

J'ai dit que le xiv<sup>e</sup> fiècle avait été pour la
Ballade ce que le xvi<sup>e</sup> fiècle fut pour le Sonnet,
l'heure de l'apothéofe & de la popularité.

Le xiv<sup>e</sup> fiècle eft une de ces époques artiftes
dont nous parlions en commençant, où le génie
poétique progreffe & fe dégage en s'appuyant
fur des règles précifes. La Poéfie ceffe alors
d'être imperfonnelle : les noms abondent. On
voit des genres fe créer, accufant la variété des
talents & la diverfité de l'efprit national. En
un mot, la Poéfie fe fait art : elle renonce
à fervir de forme vulgarifante, de truche-
ment, à l'hiftoire, à la théologie, aux fciences
naturelles ; elle vit par elle-même. C'eft alors
que, fuivant l'expreffion d'un hiftorien, *fleu-
riffent* ces rhythmes gracieux & bientôt po-

pulaires, le Virelai, le Rondeau, la Ballade.

Ils pouſſent en effet comme fleurs après que s'eſt éteint le grand vent des épopées guerrières, des chanſons de geſtes aux longues *laiſſes*.

**M.** Viĉtor Leclerc a ſignalé cette évolution de la Poéſie françaiſe, en parlant d'un des derniers auteurs de chroniques rimées, de Creton, qui, en 1399, racontant en vers les luttes des maiſons d'York & de Lancaſtre, s'arrête tout à coup, ſaiſi d'un ſcrupule d'hiſtorien véridique, & continue en proſe le récit commencé, de peur d'altérer dans une traduĉtion poétique le langage de ſes héros :

> *On vous veuil dire, ſans plus ryme quérir,*
> *Du roi la priuſe; et, pour mieux accomplir*
> *Les paroles qu'ils dirent au venir*
>     *Tous deux enſemble,*
> *(Car retenus les ay bien, ce me ſemble)*
> *Sy les diray en proſe; car il ſemble*
> *Aucune fois qu'on adjoute ou aſſemble*
>     *Trop de langage*
> *A ſa matière de quoi on faiĉt ouvrage.*
> *Or veuille Dieu, qui nous faiĉt à s'ymage,*
> *Pugnir tous ceulx qui fierent tel ouvrage!*

« C'était faire preuve de bon ſens, ajoute **M.** Viĉtor Leclerc ; le règne de la proſe était venu pour l'hiſtoire. » Et auſſi, ajouterons-nous, l'ère de l'émancipation pour la poéfie.

Qui le croirait ? Le xvi⁰ fiècle, ce fiècle artifte par excellence & le grand fiècle de la poéfie lyrique en France, méconnut la Ballade, ou plutôt la facrifia. Ce fut fa première *perte du Rhône.*

Les poëtes d'alors, enthoufiaftes de l'anti-quité retrouvée, modelèrent leurs œuvres fur les mètres d'Horace, d'Anacréon & de Sappho. Ce fut le triomphe de l'Ode & de l'Odelette, de l'Élégie, de l'Épître & même du Poëme épique.

Les vieux genres français furent repouffés comme gothiques ; le Sonnet feul trouva grâce, à titre d'importation étrangère & par la protec-tion de Du Bellay.

Vauquelin de la Fresnaye fonne le glas dans fon *Art poétique :*

> *De ces vieux Chants royaux décharge le fardeau ;*
> *Ote-moi la Ballade, ôte-moi le Rondeau !*
> *Que ta Muse jamais ne foit embefognée*
> *Qu'aux vers dont la façon à toi f'eft enfeignée...*

Qu'entendait-il cependant par cet enfeignement fpontané ?

C'eft, à la violence près, l'arrêt plus tard édicté par Despréaux dans fon code. Ce fut l'épi-taphe après la fonnerie funèbre.

Dans l'intervalle, cependant, la Ballade avait
rejailli avec éclat, à l'hôtel de Rambouillet,
cette académie de grâce, d'efprit & de fin langage. Les Ballades de Voiture font nombreufes
& connues. Celles de Sarrazin, plus rares, la
*Ballade fur la mort de Voiture*, celle du *Pays
de Caux*, celle de l'*Enlèvement en amour*, font
de pure modèles du genre en même temps
que des chefs-d'œuvre d'élégance & de badinage
délicat.

La Fontaine enfin, le dernier des poëtes
artiftes au xviie fiècle, proteftait en faveur de
ces genres rebutés ; &, pour mieux faire comprendre l'art de fes fables, il prouvait fa fou-
pleffe & fon agilité rhythmique en triomphant
dans la Ballade, dans le Chant-Royal & le
Rondeau.

Après lui, c'en eft fait. C'en eft fait de nos
gracieufes efcrimes : l'art eft tout au théâtre.
La poéfie tombe au didactique, à la thèfe phi-
lofophique & religieufe, aux petits vers en
profe galante & fpirituelle de Voltaire & de
fon école. Elle retourna, par une inconfé-
quence, par une aberration inconcevable de
l'efprit, confondant les temps & les fonctions,
oubliant que l'imprimerie, en mettant à la
difpofition de tous un moyen direct de commu-

niquer fes penfées & fes travaux, a émancipé
tous les arts; elle retourna à l'enfeignement des fciences naturelles & phyfiques; on
« chanta » les *Trois Règnes, l'Inoculation,* le
Jardinage, le Syftème de Kopernick; on
mit en vers des traités de tactique & d'arbo-
riculture!

Oh! comme après tout un fiècle de ces non-
fens, de ces erreurs pédantefques, de ces
paradoxes, de ces fadeurs, on dut faluer avec
enthoufiafme le premier coup de clairon fonné
par l'art reffufcité! Avec quelle joie dut-on
fêter les premiers chants qui annoncèrent que
la Poéfie rentrait dans fon vrai domaine, & ouvrait la voie libre & lumineufe de la tradition
& des maîtres! On avait tant befoin, après ces
déclamations, ces démonftrations, ces pamphlets
rimés, ces leçons en vers, après ces faux dé-
lires, ces exclamations banales, ces invocations
à froid, ces

*... Defcriptions fans vie & fans chaleur,*

tout ce fatras d'un art qui fe trompe & fait
fauffe route, on avait tant befoin de fe reprendre
à une infpiration défintéreffée & fincère!

Ce fut une Renaiſſance encore, où l'âme
poétique de la France ſe reconnut, s'écouta
& vibra ſpontanément de ſentiments intimes
& humains. Elle parla ; mais le langage de la
poéſie, fauſſé, corrompu & comme hydropiſé
par l'abus du lieu commun & des analogies,
réſiſtait à l'expanſion de ces mouvements libres.
Il fallut remettre ſur le chevalet cette langue
appauvrie, nouée, ankyloſée. Pour lui rendre
ſa ſoupleſſe & ſa vigueur, on la remit au
régime du gymnaſe & de l'orthopédie. On la
jeta dans tous les moules, depuis la ſpirale
des *Djinns* juſqu'à la ſtrophe en triolet de *La
Captive*. On multiplia les rimes dans *Le Pas
d'armes du roi Jean*. Le paſſé vers lequel on ſe
tourna par ſympathie de foi & d'études livra
ſes exemples & ſes ſecrets. On reprit à Remy
Belleau le rhythme charmant de ſon *Avril*. Un
nouveau Du Bellay rapporta, non plus d'Ita-
lie, mais d'Angleterre, le Sonnet recueilli par
Woodsworth & de Kirke White.

La Ballade fut négligée, méconnue. Pourquoi ?
j'en ai donné des raiſons que l'on jugera.

Pourtant il était juſte que ce gentil poëme,
ſi français dans ſa grâce malicieuſe, que cette
fleur de nos anciens *jardins de rhétorique & de
plaiſance* eût à ſon tour ſa reſtauration.

Honneur au poëte qui nous la rend & qui, ſur cet air danſé par nos aïeux, fait chanter ſans contrainte la Muſe des temps nouveaux !

CHARLES ASSELINEAU.

Septembre 1869.

# LE
## *LIVRE DES BALLADES*

4

## Ballade amoureuse

*Ne quier veoir Medée ne Jaſon,*
*Ne trop avant lire ens ou mapemonde,*
*Ne la muſique Orpheüs ne le ſon,*
*Ne Herculès, qui cercha tout le monde,*
*Ne Lucreſſe, qui tant fu bonne & monde,*
*Ne Penelope auſſi, car, par ſaint Jame,*
*Je voi aſſés, puiſque je voi ma dame.*

*Ne quier veoir Vregile ne Caton,*
*Ne par quel art orent ſi grant faconde,*
*Ne Leaudar, qui tout ſans naviron*
*Nooit en mer, qui rade eſt & parfonde,*
*Tout pour l'amour de ſa dame la blonde,*
*Ne nuls rubis, ſaphir, perle ne jame :*
*Je voi aſſés, puiſque je voi ma dame.*

I

*Ne quier veoir le cheval Pegafon,*
*Qui plus toſt court en l'air ne vole aronde,*
*Ne l'image que fiſt Pygmalion,*
*Qui n'ot pareil premiere ne ſeconde,*
*Ne Oleüs, qui en mer boute l'onde ;*
*S'on voet ſçavoir pour quoi ? Pour ce, par m'ame :*
*Je voi aſſés, puiſque je voi ma dame.*

Jehan Froissart.

―――――

## Ballade amoureuse

On me diſt, dont j'ai grant merveille,
Que de dormir eſt temps perdus ;
Tant qu'à moi, je m'en eſmerveille,
Car le dormir me vault trop plus
Que le villier. C'eſt mes argus,
Dormir eſt grant aiſe de corps,
A deſplaiſance ne vit nuls ;
Je n'ai nul bien, ſe je ne dors.

Car en dormant je me conſeille,
Ce m'eſt vis, au dieu Morpheüs,
Qui mes beſongnes, qu'on toueille,
Remet aſſés bellement ſus,
Car avoir me fait ris & jus
De ma dame & pluiſours depors,
Dont en veillant ſui moult enſus ;
Je n'ai nul bien, ſe je ne dors.

3

*Encor li boute il en l'oreille*
*Qu'à merci soie receüs,*
*Et celle qui est non pareille*
*De donner dangiers & refus,*
*Les met à sa proyere jus,*
*Et me dist : « M'amours je t'acors. »*
*Enfi en dormant voi vertus,*
*Je n'ai nul bien, se je ne dors.*

Jehan Froissart.

## Ballade amoureuse

Je puis moult bien ma dame comparer
A la fille dou noble roy Priant ;
Plufiors en ot, mais cefte voeil nommer :
Polixena la belle & la riant,
 En qui de tous biens ot tant
Que de bonté & de bauté fu plainne.
Tout enfi eft ma dame fouverainne,
Car les grans biens que je perçoi en li
M'ont pluifours fois en penfant reffoï.

Jonete eftoit Polixena, c'eft cler,
Quant Acillès l'ama en regardant ;
Enfi amours m'ont pris par regarder
De ma dame fon gracieux femblant,
 Simple, jone & attraint.

*Or ſçai aſſés que j'en aurai grant paẅnne,*
*Mès j'ai eſpoir qu'elle en ſera certainne*
*En aucun temps, & cil ſouvenir ci*
*M'ont pluiſours fois en penſant reſjoï.*

*Chiere dame, voeilliés conſiderer*
*Que voſtre ſui & ſerai mon vivant.*
*Or ai volu voſtre corps figurer*
*A la fille dou noble roy Priant;*
  *C'eſt tout en vous honnourant,*
*Mès à la fin que me ſoyés humainne,*
*Polixena voſtre nom me ramainne*
*Dedans le voſtre en .V. lettres & qui*
*M'ont pluiſours fois en penſant reſjoï.*

Jehan Froissart.

---

# Ballade

De grant honneur amoureux enrichir
Ne peut, s'il n'a loiauté en s'aye;
Et pour ce fay dedens mon cuer florir
Loial amour d'umilité garnie,
Dont doucement, sans fausseté, servic
Sera la flour nonpareille d'onneur,
De grant beauté, de bonté, de valeur,
Qui de mon cuer souveraine maistresse
Est & sera. J'aray Dame & Seigneur,
En ciel un Dieu, en terre une Déesse.

A ce me veul tout mon vivant tenir,
Sans rassambler la fausse compagnie
De ceulx qui vont prier et requérir
Dames plusieurs, & font partout amie,
A leur pouvoir, pour leur grant tricherie,
Cil sont vilain, envieux & menteur,

Oultrecuidez, félon, fol & vanteur,
Tout leur défir à faux penfer s'adreffe,
Tel gent reny : fy pren pour le meilleur
En ciel un Dieu, en terre une Déeffe.

Car tel tricheur font l'onneur amenrir
De mainte dame, en qui n'a villenie,
Tant par jengler com par leur foy mentir.
L'un jure Dieu, l'autre fainûe Marie,
En promettant loiauté qu'ils n'ont mie,
De faux femblant font leur droit gouverneur,
Li maloftru, li mefchant, li bourdeur ;
Tous font parjur. Pour ce leur fay promeffe
Que j'aime mieux à fervir, par douceur,
En ciel un Dieu, en terre une Déeffe.

ENVOY.

Prince, je tien que qui veult acquérir
De vraye Amour les biens & la hauteffe,
Tant feulement doie en son cuer choifir
En ciel un Dieu, en terre une Déeffe.

Guy de la Trémouille.

8

## Ballade amoureuse

Gente de corps, face adroit coulourée
Humble regart, front hault & bien aſſis,
Entrueil plaiſant, bouche bien ordonnée,
Petit menton, leſres & nez traitis,
Vos joettes ſont deux foſſes toudis
En ſoubzriant, ô belle plus que belle !
Vous regarder eſt un droit paradis :
De jour en jour vo beauté renouvelle.

Car voſtre chief a toute gent agrée,
Blont com fin or, vairs œulx, & les ſourcils
Avez petiz ; la denteure ſerrée,
Mannette blanche come fleur de lis,
Et au ſeurplus eſt vos corps aſſenis
De tous les biens qui ſont en flour nouvelle,
De plus en plus, dame, ce m'eſt advis :
De jour en jour vo beauté renouvelle.

9

*Or estes-vous donc de bonne heure née*
*Quant grace avez, la louenge & le pris*
*D'umilité, de nobles meurs parée,*
*De beau maintien, de manière & de vis;*
*Mais sur toutes portez bien vos habis,*
*Plus que nulle dame ne damoiselle*
*Qui soit vivant en terre n'en pays :*
*De jour en jour vo beauté renouvelle.*

Eustache Deschamps.

———

# Ballade

Apprenez-moy comment j'auray eftat
Soudainement, dame, je vous en prie,
Et en quel lieu je trouveray bon plat
Pour gourmander & mener glote vie. —
Je le t'octroy : Traifon & envie
 Te fault fçavoir, ceuls te mettront avant ;
Mentir, flater, parler de lécherie :
Va à la court, & en ufe fouvent.

Pigne toi bel, ton chaperon abat,
Soies veftus de robe très jolie,
Fourre-toy bien quoy qu'il foit de l'achat,
Tien-toy brodé d'or & de pierrerie :
Ment largement afin que chafcuns rie,
Promet affez, & tien po de convent.
Fay tous ces poins ; ne te chaille qu'on die :
Va à la court, & en ufe fouvent.

II

A maint l'ay veu faire qui s'i embat,
  Soi acointer de l'eschançonnerie,
Jouer aux dez tant qu'il gaingne ou soit mat,
Qu'il jure fort, qu'il maugrie ou regnie ;
Et lors fera de l'adroite mesgnie.
Fay donc ainsis, met toy tousjours devant ;
Pour avoir nom tous ces vices n'oublie :
Va à la court, & en use souvent.


ENVOY.


Princes, bien doy remercier folie,
Qui m'a aprins ce beau gouvernement,
Et qui m'a dit : A ces poins assudie
Va à la court, & en use souvent.


Eustache Deschamps.

# Ballade

*Or, n'eſt-il fleur, odour ne violette,*
*Arbre, eſglantier, tant ait douçour en lui,*
*Beauté, bonté, ne choſe tant parfaiĉe,*
*Homme, femme, tant ſoit blanc ne poli,*
*Creſpé ne blont, fort appert ne joli,*
*Saige ne foul que Nature ait formé,*
*Qui à ſon temps ne ſoit vieil & uſé,*
*Et que la mort à ſa fin ne le chace,*
*Et, ſe viel eſt, qu'il ne ſoit diffamé :*
*Viellesce eſt fin, & jeuneſce eſt en grace.*

*La fleur en may & ſon odeur deleĉe*
*Aux odorans, non pas joûr & demi ;*

En un moment vient li vens qui la guette ;
Cheoir la fait ou la couppe par mi :
Arbres & gens passent leur temps ainfi ;
Riens estable n'a Nature ordonné ;
Tout doit mourir ce qui a esté né.
Un povre acès de fièvre l'omme efface,
Ou aage viel, qui est déterminé :
Vieillesce est fin, & jeunesce est en grace.

Pour quoy fait donc dame, ne pucellette,
Si grant dangier de s'amour à ami,
Qui séchera, soubz le pié com l'erbette ?
C'est grant folour ; que n'avons nous mercy
L'un de l'autre ? Quant tout fera pourry,
Ceulx qui n'aiment, & ceulx qui ont amé,
Ly refufant feront chétif clamé,
Et li donnant avont vermeille face,
Et fi feront au monde renommé :
Vieillesce est fin, & jeunesce est en grace.

ENVOY.

Prince, chafcun doit en fon jofne aé
Prandre le temps qui lui est destiné ;

*Eu l'aage viel tout le contraire face*
*Ainfis ara les deux temps en chierté.*
*Ne face nul de s'amour grant fierté :*
*Vieillefce eft fin, & jeunefce eft en grace.*

Eustache Deschamps.

———

## Ballade sur la mort
## de sire Bertran Duguesclin

*Eftoc d'Oneur, & arbres de vaillance,*
*Cuer de lyon efprins de hardement,*
*La flour des preux & la gloire de France,*
*Victorieux & hardi combatant,*
*Saige en voz fais, & bien entreprenant,*
  *Souverain home de guerre,*
*Vainqueur de gens & conquerreur de terre,*
*Le plus vaillant qui oneques fuſt en vie,*
*Chafcun pour vous doit noir veſtir & querre :*
*Plourez, plourez, flour de chevalerie !*

*O Bretaingne, ploure ton efperance !*
*Normandie, fay fon enticrement,*
*Guyenne auſſi, & Auvergne, or t'avence,*
*Et Languedoc, quier lui fon monument ;*

*Picardie, Champaigne & Occident,*
      *Doivent pour plourer acquerre*
*Tragediens, Arethusa requerre*
*Qui en eaue fut par plour convertie,*
*Afin qu'd tour de sa mort les cuers serre :*
*Plourez, plourez, flour de chevalerie.*

*Hé ! gens d'armes, aiez en remembrance*
*Vostre pere ; vous estiez si enfant.*
 *Le bon Bertran, qui tant ot de puissance*
*Qui vous amoit si amoureusement,*
*Guesclin crioit. Priez dévotement*
      *Qu'il puist paradis conquerre.*
 *Qui dueil n'en fait, & qui n'en prie, il erre,*
*Car du monde est la lumiere faillie ;*
*De toute honneur estoit la droicte serre :*
*Plourez, plourez, flour de chevalerie !*

EUSTACHE DESCHAMPS.

---

## Ballade

Maintes gentes me prie que je face
Aucun beaulx dis & que je leur envoye,
Et de dictier dient que j'ay la grace,
Mais sauve soit leur paix. Je ne sçauroye :
Ne puis à beaux dis donner sens ne joye.
Puis que prié m'en ont de leur bonté,
Peine y mettray, quoique ignorante soye,
Pour accomplir leur bonne voulenté.

Mais je n'ay pas sentiment ne espace,
De faux dis, ne de soulas, ne de joye,
Car ma douleur qui toutes autres passe,
Mon sentiment joyeux tout le desvoye :
Mais du grand dueil qui me tiens morne & coye,
Puis bien parler asses & apiter
Bien diray plus voulentiers, plus feroye
Pour accomplir leur bonne voulenté.

18

Et qui voudra ſçavoir pourquoy efface
Dueil, tout mon bien, de legier le diroye,
Ce fuſt la mort qui fery ſans menace
Celluy de qui treſtout mon bien avoye,
Laquelle mort m'a mis, & met en voye
De deſeſpoir. Ne puis je n'oz ſanté.
De ce feray mes dis, puis qu'on m'en proye,
Pour accomplir leur bonne voulenté.


ENVOY.


Princes, prenez en gré ſe ne failloye,
Car le dictier je n'ay mie hanté,
Mais maint m'en ont prié & je l'octroye
Pour accomplir leur bonne voulenté.


Christine de Pisan.

## Ballade

Mon doulx amu, n'ayez melancolie
Se j'ai en moi ſi joyeuſe maniere
Et ſe je faiz en tous lieux chiere lie,
Et de parler à maint ſuis coutumiere ;
Ne croyez pas pour ce, que plus legiere
Soye envers vous. Car c'eſt pour depceuoir
Les médiſans qui veulent tout ſçavoir.

Car ſe je ſuis gaye, cointe & jolye,
C'eſt tout pour vous qu'aime d'amour entiere,
Se ne prenez nulz ſoin qui contralie
Votre bon cuer. Car pour nulle priere,
Je n'ameray autre qui m'en requerre.
Mais on doit moult douter, à dire voir,
Les médiſans qui veulent tout ſçavoir.

Sachiez devoir qu'amours fi fort me lie,
Que votre amour que n'ay chofe tant chiere,
Mais ce feroit à moi trop grand folie
De ne faire, fors à vous bonne chiere ;
Ce n'eft pas droit, ne chose qui affiere,
Devant les gens pour faire appercevoir
Les médifans qui veulent tout fçavoir.

Christine de Pisan.

———

# Ballade

*Tant avez fait par votre grant doulçour,*
*Très doulz amy, que vous m'avez conquife ;*
*Plus n'y convient complainte, ne clamour ;*
*Jà n'y aura par moy defenfe mife.*
*Amours le veult par fa doulce maiftrife,*
*Et moy auffi le vueil ; car, fe m'ait Dieux,*
*Au fort c'eftoit foleur, quand je m'avife*
*De refufer ami fi gracieux.*

*Et j'ay efpoir qu'il a tant de valour*
*En vous, que bien fera m'amour affife ;*
*Quand de beauté, de grace & toute honnour,*
*Il y a tant, que c'eft droit qu'il fouffife,*
*Si eft bien droit que fur tous vous eflife,*
*Car vous eftes bien digne d'avoir mieux ;*
*Si ay eu tort, quant tant m'avez requife,*
*De refufer ami fi gracieux.*

Si vous retien, et vous donne m'amour,
Mon fin cuer doulz, & vous pri que faintife
Ne treuve en vous, ne nul autre faulz tour,
Car toute m'a entierement acquife
Vo doulz maintieng, vo manière raffife,
Et voz très doulz & amoureux beaulx yeux;
Si auroye grant tort, en toute guife,
De refufer ami fi gracieux.

ENVOY.

Mon doulz ami, que j'aim fur tous & prife,
J'oy tant de bien de vous dire, en tous lieux,
Que par raifon devroye eftre reprife
De refufer ami fi gracieux.

Christine de Pisan.

# Ballade

Seulette suis, & seulette vueil estre,
Seulette m'a mon doulz ami laissée,
Seulette suis, sans compaignon, ne maistre,
Seulette suis, doulente & courroucée,
Seulette suis, en langour mesaisée,
Seulette suis, plus que nulle esgarée,
Seulette suis, senz ami demourée.

Seulette suis à huiz, ou d fenestre,
Seulette suis en un anglet mucée,
Seulette suis pour moi de pleurs repaistre,
Seulette suis, doulente ou appaisée,
Seulettesuis, rien n'est qui tant me sié
Seulette suis en ma chambre enserrée,
Seulette suis senz ami demourée

24

Seulette suis partout, & en tout estre,
Seulette suis, où je voise, où je siée,
Seulette suis plus qu'auctre rien terrestre,
Seulette suis de chascun delaissée,
Seulette suis, durement abaissée,
Seulette suis souvent toute esplorée,
Seulette suis senz ami demourée.


ENVOY.


Princes, or est ma douleur commenciée,
Seulette suis, de tout dueil menaciée,
Seulette suis, plus tainte que morée,
Seulette suis, senz ami demourée.

Christine de Pisan.

## Complainte sur la mort
## du duc de Bourgogne


*Plourez, Françoys, tout d'un commun vouloir*
*Grans & petis, plourez ceste grant perte !*
*Plourez, bon roy, bien vous devez vouloir ;*
*Plourer devez vostre grevance apperte !*
*Plourez la mort de cil qui, par desserte,*
*Amer deviez & par droit de lignaige,*
*Vostre loyal noble oncle, le très saige,*
*Des Bourguignons prince & duc excellent ;*
*Car je vous dy qu'en mainte grant besongne*
*Encor direz trestuit à cuer dolent ;*
*Affaire eussions du bon duc de Bourgongne.*


*Plourez, Berry, & plourez tuit sy hoi*
*Car cause avez, mort la vous a ouverte !*

*Duc d'Orleans, moult vous en doit chaloir ;*
*Car par son sens mainte faulte est couverte !*
*Duc des Bretons, plourez ; car je suis certe*
*Qu'affaire avez de luy en vo jeune age !*
*Plourez, Flamens, son noble seignourage !*
*Tout noble sanc, allez vous adoullant !*
*Plourez, ses gens ! car joie vous eslongne ;*
*Dont vous direz souvent en vous doullant :*
*Affaire eussions du bon duc de Bourgongne.*

*Plourez, Royne, & ayez le cuer noir*
*Pour cil par qui seustes on trosne offerte !*
*Plourez, dames, sans en joie manoir !*
*France, plourez : d'un pillier es déserte,*
*Dont tu reçoys eschec à descouverte ;*
*Gar toy du mat ! quant mort par son oultrage*
*Tel chevalier t'a toulu, c'est dommaige !*
*Plourez, pueple commun, sans estre lent ;*
*Car moult perdez, & chascun le tesmoingne,*
*Dont vous direz souvent mate & relent :*
*Affaire eussions du bon duc de Bourgongne.*

Christine de Pisan.

## Ballade

*O folz des folz, & les folz mortelz hommes,*
*Qui vous fiez tant ès biens de fortune*
*En celle terre, ès pays où nous sommes,*
*Y avez vous de chofe propre aucune !*
*Vous n'y avez chofe voftre nes-une,*
*Fors les beaulx dons de grace & de nature.*
*Se Fortune donc, par cas d'adventure*
*Vous toult les biens que voftres vous tenez,*
*Tort ne vous fait, ainçois vous fait droi&ure,*
*Car vous n'aviez riens quand vous fuftes nez.*

*Ne laiffez plus le dormir à grans fommes*
*En voftre li&, par nui& obfcure & brune,*
*Pour acquefter richeffes à grans fommes.*
*Ne convoitez chofes deffoubz la lune,*

Ne de Paris, jufques à Pampelune,
Fors ce qu'il fault, fans plus, à creature
Pour recouvrer fa fimple nourriture.
Souffife vous d'eftre bien renommez,
Et d'emporter bon loz en fepulture :
Car vous n'aviez riens quand vous fuftes nez.

Les joyeulx fruicts des arbres & les pommes,
Au temps que fut toute chofe commune,
Le beau miel, les glandes & les gommes
Souffifoient bien à chafcun & chafcune :
Et pour ce fut fans noife & fans rancune.
Soyez contens des chaulx & des froidures,
Et me prenez Fortune doulce & feure.
Pour vos pertes, griefve dueil n'en menez,
Fors à raifon, à point, & à mefure,
Car vous n'aviez riens quant vous fuftes nez.

Se fortune vous fait aucune injure,
C'eft de fon droit, jà ne l'en reprenez,
Et perdiffiez jufques à la vefture :
Car vous n'aviez riens quant vous fuftes nez.

                              Alain Chartier.

# Ballade

## sur le régime de Fortune

*Sur lac de dueil, fur riviere ennuieufe,*
*Plaine de cris, de regretz, & de clains,*
*Sur pefant fourfe & melencolieufe,*
*Plaine de plours, de foufpirs & de plains :*
*Sur graus eftangs d'amertume tout plains,*
*Et de douleur fur abifme parfonde,*
*Fortune là fa maifon toufjours fonde*
*A l'ung des lez de roche efpouventable.*
*Et en pendant, affin que pluftoft fonde,*
*En demonftrant qu'elle n'eft pas eftable.*

*D'une part clerc, & d'autre tenebreufe*
*Eft la maifon aux douloureux mefchains,*
*D'une part riche & d'autre fouffreteufe,*
*C'eft du cofté où les champs font prochains,*
*Et d'autre part a affez fruidz & grains.*
*Ld fiet fortune ou tout en air habonde,*

30

*D'une part noire, & de l'autre elle est blonde :*
*D'une part ferme, & d'autre trefbuchable,*
*Muette, fourde, aveugle, & fans faconde*
*En demonftrant qu'elle n'eft pas eftable.*

*Et là endroit par fa dextre orgueilleufe*
*Qui retenir ne veult brides ne frains,*
*En fa maifon doubtable & perilleufe*
*Sont les mefchiefz tout mouflez & emprains,*
*Dont les deliflz font rompuz & enfrains,*
*Et les honneurs & gloire de ce monde.*
*Car par le tour de fa grant roffe ronde*
*Fait à la fois d'ung palais une eftable,*
*Et auffi toft que le vol d'une aronde,*
*En demonftrant qu'elle n'eft pas eftable.*

ENVOY.

*Que voulez vous que je dic & refponde?*
*Se fortune eft une fois deleflable,*
*Elle fera amere à la feconde,*
*En demonftrant qu'elle n'eft pas eftable.*

Alain Chartier.

# Ballade

## sur la mort de sa dame

Fy de ce May qu'on clame ſi courtois,
Fy de Venus & de la beauté d'elle,
Fy d'eſperuiers, de faulcons, & pivois
Fy de harper, de chanter de vielle :
De tous oyſeaulx, excepté l'arondelle.
De moy-meſmes diſ-je fy par mon âme,
Si fais-je auſſi d'amours, auſſi de Dame.

Fy de tous jeux, de chanſons, de renvois,
Fy de Pallas, & de la beauté d'elle,
Fy de jouſtes, de dances, de tournois.
Et ſi dis fy de la façon nouvelle :
Si fais-je auſſi de celuy ou de celle
Qui loyaulté maintiendra jour ne terme.
Si ſaiſ-je auſſi d'amours, auſſi de Dame.

32

Et s'en dis fy, fe plus ne la revois,
Pas ne feray comme la turterelle :
Ains fembler vueil au roffignol du bois.
Car auffi toft qu'a fait de fa femelle,
Sifflant s'en va, & luy monftre fon acfle,
Lireau luy fait, combien que foit diffame,
Si fais-je auffi d'amours, auffi de Dame.

Alain Chartier.

———

## Ballade

Priez pour paix, doulce Vierge Marie,
Royne des cieulx, & du monde maiftreffe,
Faiâes prier par voftre courtoifie,
Sainâs & fainâes, & prenez voftre adreffe
Vers voftre fils, requerrant fa haulteffe
Qu'il lui plaife fon peuple regarder,
Que de fon fang a voulu racheter,
En deboutant guerre qui tout defvoye ;
De prieres ne vous veuilliez laffer,
Priez pour paix, le vray trefor de joye.

Priez prelaz & gens de fainâe vie,
Religieux, ne dormez en pareffe,
Priez, maiftres, & tous fuivans clergie,
Car par guerre fault que l'eftude ceffe ;
Mouftiers deftruiz font fans qu'on les redreffe,
Le fervice de Dieu vous fault laiffer,

Quand ne povez en repos demourer;
Priez fi fort que briefment Dieu vous oye,
L'Eglife voult à ce vous ordonner,
Priez pour paix, le vray trefor de joye.

Priez, princes qui avez feigneurie,
Roys, ducs, contes, barons plains de noblefle;
Gentils hommes avec chevalerie,
Car mefchans gens furmontent gentillefle;
En leurs mains ont toute voftre richefle,
Desbatz les font en hault eftat monter,
Vous le povez chafcun jour veoir au cler,
Et fon riches de vos biens & monnoye,
Dont vous deuffiez le peuple fupporter;
Priez pour paix, le vray trefor de joye.

Priez, peuple qui fouffrez tirannie,
Car vos feigneurs font en telle foiblefle,
Qu'ilz ne peuvent vous garder par maiftrie,
Ne vous aider en voftre grant deftrefle;
Loyaux marchans, la felle fi vous bleffe,
Fort fur le doz chafcun vous vient preffer,
Et ne povez marchandife mener,
Car vous n'avez feur paffage, ne voye,

*Et maint peril vous convient-il paſſer;*
*Priez pour paix, le vray treſor de joye.*

*Priez, galans joyeulx en compaignie,*
*Qui deſpendre deſirez à largeſſe,*
*Guerre vous tient la bourſe degarnie,*
*Priez, amans, qui voulez en lieſſe*
*Servir amours, car guerre, par rudeſſe,*
*Vous deſtourbe de voz dames hanter,*
*Qui mainteſſoiz fait leurs voloirs torner,*
*Et quant tenez le bout de la courroye,*
*Ung eſtrangier ſi le vous vient oſter;*
*Priez pour paix, le vray treſor de joye.*

### ENVOY.

*Dieu tout puiſſant nous vueille conforter*
*Toutes choſes en terre, ciel & mer,*
*Priez vers lui que brief en tout pourvoye,*
*En luy ſeul eſt de tous maulx amender;*
*Priez pour paix, le vray treſor de joye.*

Charles d'Orléans.

## Ballade

En regardant vers le pays de France
Ung jour m'avint, à Dovre sur la mer,
Qu'il me souvint de la doulce plaisance
Que souloie ou dit pays trouver;
Si commençay de cueur à souspirer,
Combien certes que grant bien me faisoit,
De veoir France que mon cueur amer doit.

Je m'avisay que c'estoit nonsavance,
De telz souspirs dedans mon cueur garder,
Veu que je voy que la voye commence
De bonne paix, qui tous biens peut donner;
Pour ce tournay en confort mon penser,
Mais non pourtant, mon cueur ne se lassoit
De veoir France que mon cueur amer doit.

Alors chargeay, en la nef d'esperance,
Tous mes souhays en leur priant d'aler
Oultre la mer, sans faire demourance,
Et à France de me recommander ;
Or nous doint Dieu bonne paix sans tarder,
Adonc auray loisir, mais qu'ainsi soit,
De veoir France que mon cueur amer doit.

### ENVOY.

Paix est tresor qu'on ne peut trop louer,
Je hé guerre, point ne la doit priser,
Destourbé m'a longtemps, soit tort ou droit,
De veoir France que mon cueur amer doit.

Charles d'Orléans.

## Ballade

Le beau souleil, le jour saint Valentin,
Qui apportoit sa chandelle alumée,
N'a pas longtemps, entra ung bien matin
Priveement en ma chambre fermée.
Cette clarté, qu'il avoit apportée,
Si m'esveilla du somme de soussy,
Où j'avoye toute la nuit dormy
Sur le dur lit d'ennuieuse pensée.

Ce jour aussi, pour partir leur butin
Des biens d'Amours, faisoient assemblée
Tous les oyseaulx, qui parlans leur latin,
Crioyent fort, demandans la livrée
Que Nature leur avoit ordonnée;
C'estoit d'un per comme chascun choisy,
Si ne me peu rendormir, pour leur cry,
Sur le dur lit d'ennuieuse pensée.

Lors en moillant de larmes mon coeffin,
Je regreday ma dure deftinée,
Difant : Oyfeaulx, je vous voy en chemin
De tout plaifir & joye defirée ;
Chafcun de vous a per qui lui agrée,
Et point n'en ay, car Mort, qui m'a traby,
A prins mon per, dont en dueil je languy
Sur le dur lit d'ennuieufe penfée.

Saint Valentin choififfent, cefte année,
Ceulx & celles de l'amoureux party ;
Seul me tendray, de confort defgarny,
Sur le dur lit d'ennuieufe penfée.

Charles d'Orléans.

## Ballade

Las ! Mort qui t'a fait ſi hardie,
De prendre la noble Princeſſe
Qui eſtoit mon confort, ma vie,
Mon bien, mon plaiſir, ma richeſſe,
Puiſque tu as prins ma maiſtreſſe
Prens moy auſſi ſon ſerviteur,
Car j'ayme mieulx prouchainement
Mourir, que languir en tourment,
En paine, ſouſſy & doleur.

Las ! de tous biens eſtoit garnie,
Et en droiɣte fleur de jeuneſſe ;
Je pry à Dieu qu'il te maudie
Faulſe mort, plaine de rudeſſe ;
Se priſe l'euſſes en vieilleſſe,

Ce ne fuſt pas ſi grant rigueur;
Mais priſe l'as haſtivement,
Et m'as laiſſé piteuſement
En paine, ſouſſy & doleur.

Las! je ſuis ſeul, ſans compaignie,
Adieu ma Dame, ma lieſſe;
Or eſt noſtre amour departie,
Non pourtant, je vous fais promeſſe
Que de prieres, à largeſſe,
Morte vous ſerviray de cueur,
Sans oublier aucunement,
Et vous regreſteray ſouvent
En paine, ſouſſy & doleur.

ENVOY.

Dieu, ſur tout ſouverain Seigneur,
Ordonnez, par grace & doulceur,
De l'ame d'elle, tellement
Qu'elle ne ſoit pas longuement
En paine, ſouſſy & doleur.

Charles d'Orléans.

## Ballade

Le premier jour du mois de May,
Trouvé me suis en compaignie
Qui estoit, pour dire le vray,
De gracieuseté garnie ;
Et pour oster merencolie, ·
Fut ordonné qu'on choisiroit,
Comme fortune donneroit,
La fueille plaine de verdure,
Ou la fleur pour toute l'année ;
Si prins la feuille pour livree,
Comme lors fut mon aventure.

Tantost apres je m'avisay,
Qu'a bon droit, je l'avoye choisie,
Car, puisque par mort perdu ay
La fleur, de tous biens enrichie,
Qui estoit ma Dame, m'amie,
Et qui de sa grace m'amoit,
Et pour son amy me tenoit,

*Mon cueur d'autre fleur n'a plus cure ;*
*Adonc congneu que ma penſée*
*Accordoit à ma deſtinée,*
*Comme lors fut mon aventure.*

*Pour ce, la fueille porteray*
*Ceſt an, ſans que point je l'oublie .*
*Et à mon pouvoir me tendray*
*Entierement de ſa partie ;*
*Je n'ay de nulle fleur envie,*
*Porte la qui porter la doit,*
*Car la fleurque mon cueur aimoit*
*Plus que nulle autre creature,*
*Eſt hors de ce monde paſſée,*
*Qui ſon amour m'avoit donnée,*
*Comme lors fut mon aventure.*

### ENVOY.

*Il n'eſt fueille, ne fleur qui dure*
*Que pour ung temps, car eſprouvée*
*J'ay la choſe que j'ay comptée,*
*Comme lors fut mon aventure.*

Charles d'Orléans.

44

## Ballade intitulée

## les contredictz de Franc Gontier

*Sur mol duvet affis ung gras chanoine,*
*Lez ung brafier, en chambre bien nattée;*
*A fon cofté gifant dame Sydoine,*
*Blanche, tendre, pollie, & attaintée,*
*Boire ypocras, à jour & à nuyctée,*
*Rire, jouer, mignonner & baifer,*
*Et nud à nud, pour mieulx les corps s'ayfer,*
*Les vy tous deux par ung trou de mortaife,*
*Lors je congneu que pour dueil apaifer*
*Il n'eft tréfor que de vivre à fon aife.*

*Se Franc Gontier & fa compaigne Heleine*
*Euffent cefte doulce vie hantée,*
*D'aulx & civotz qui caufent forte alaine*
*N'en mengeaffent bife crouftre frottée.*
*Tout leur mathon, ne toute leur potée*
*Ne prife ung ail, je le dy fans noyfier.*

S'ils se vantent coucher soubz le rosier,
Ne vault pas mieulx lict costoyé de chaise?
Qu'en dictes vous? faut-il à ce muser?
Il n'est trésor que de vivre à son aise.

De gros pain bis vivent, d'orge, d'avoyne;
Et boivent eau tout au long de l'année.
Tous les oiseaulx d'icy en Babyloine,
A tel escot, une seule journée
Ne me tiendroient, non une matinée.
Or s'esbate, de par Dieu, Franc Gontier,
Hélene o luy, soubz le bel Esglantier,
Si bien leur est, n'ay cause qu'il me poise,
Mais quoy qu'il soit du laboureux mestier,
Il n'est trésor que de vivre à son aise.

ENVOY.

Prince, jugez, pour tous nous accorder;
Quant est à moy, mais qu'à nul n'en desplaise,
Petit enfant j'ay oüy recorder
Qu'il n'est trésor que de vivre à son aise.

François Villon.

46

L'épitaphe en forme de ballade que fit Villon

pour luy et pour ses compaignons

s'attendant à estre pendu avec eux


*Frères humains, qui apres nous vivez,*
*N'ayez les cueurs contre nous endurciz;*
*Car si pitié de nous pouvres avez,*
*Dieu en aura plustost de vous merciz.*
*Vous nous voyez cy attachez, cinq, six;*
*Quant de la chair, que trop avons nourrie,*
*Elle est pieça dévorée & pourrie;*
*Et nous les os, devenons cendre & pouldre :*
*De nostre mal personne ne s'en rie,*
*Mais priez Dieu que tous nous vueille absouldre.*


*Se vous clamons, frères, pas n'en devez*
*Avoir desdaing, quoyque fusmes occis*

Par justice ; toutesfois vous sçavez
Que tous hommes n'ont pas bon sens rassis,
Intercédez doncques de cueur transis,
Envers le Filz de la Vierge Marie ;
Que sa grace ne soit pour nous tarie ;
Nous preservant de l'infernalle fouldre.
Nous sommes mors, ame ne nous harie,
Mais priez Dieu que tous nous vueille absouldre.

La pluye nous a débuez & lavez ;
Et le soleil desséchez & noirciz ;
Pies, corbeaux nous ont les yeux cavez,
Et arraché la barbe & les sourcilz ;
Jamais nul temps nous ne sommes rassis ;
Puis ça, puis là, comme le vent varie,
A son plaisir, sans cesser nous charie ;
Plus becquetez d'oyseaulx que dez à couldre :
Hommes icy n'usez de mocquerie ;
Mais priez Dieu que tous nous vueille absouldre.

ENVOY.

Prince JÈSUS, qui sur tous seigneurie,
Garde qu'Enfer n'ayt de nous la maistrie,

*A luy n'ayons que faire, ne que souldre ;*
*Ne soyez donc de nostre confrairie*
*Mais priez Dieu que tous nous veuille absouldre.*

François Villon.

## Ballade et oraison

*Père Noé, qui plantastes la vigne;*
*Vous aussi Loth, qui bustes au rocher,*
*Par tel party, qu'amour qui gens engeingue,*
*De vos filles si vous seit approcher;*
*Pas ne le dy pour le vous reprocher;*
*Architriclin qui bien sceustes cest art;*
*Tous trois vous pris, qu'o vous veuillicz percher*
*L'ame du bon feu maistre Jehan Cotard.*

*Jadis extraict il fut de vostre ligne,*
*Luy qui beuvoit du meilleur & plus cher;*
*Et ne deust-il avoir vaillant qu'un pigne.*
*Certes, sur tous, c'estoit un bon archer;*
*On ne luy sceut pot des mains arracher.*
*De bien boire ne fut oncques faitard.*
*Nobles seigneurs, ne souffrez empescher*
*L'ame du bon feu maistre Jehan Cotard.*

Comme homme embeu, qui chancelle & trépigne,
L'ay veu souvent, quand il s'alloit coucher;
Et une foys il se fit une bigne,
Bien m'en souvient, à l'étal d'ung boucher.
Bref on n'euft fçeu en le monde cercher
Meilleur pion, pour boire toft & tard;
Faiftes l'entrer, fe vous l'oyez hucher,
L'ame du bon feu maiftre Jehan Cotard.

### ENVOY.

Prince, il n'eut fçeu jusqu'à terre cracher;
Toujours crioit, haro, la gorge m'ard;
Et fi ne fceut cnq' fa foif eftancher,
L'ame du bon feu maiftre Jehan Cotard.

François Villon.

---

# Ballade que Villon feit à la requeste de sa mère

## pour prier Nostre-Dame

*Dame des Cieulx, régente terrienne,*
*Empérière des infernaulx palux,*
*Recevez moy, voftre humble Chreftienne,*
*Que comprinfe foye entre vos Efleuz,*
*Ce non obftant qu'onques rien ne valuz.*
*Les biens de vous, ma dame & ma maiftreffe,*
*Sont trop plus grans que ne fuis pécherefte;*
*Sans lefquelz biens ame ne peult mériter,*
*N'entrer es Cieulx, je n'en fuis menterreffe,*
*En cefte foy je vueil vivre & mourir.*

*A voftre filz dictes que je fuis fienne.*
*De luy foient mes péchez aboluz;*
*Qu'il me pardonne comme à l'Egyptienne,*
*Ou comme il feit au clerc Théophilus,*

Lequel par vous fut quitte & abfoluz,
Combien qu'il euſt au diable faiĉt promeſſe:
Preſervez moy, que point je ne face ce,
Vierge portant, ſans rompure encourir,
Le ſacrement qu'on célèbre à la nieſſe ;
En ceſte foy, je vueil vivre & mourir.

Femme je ſuis povrette & ancienne,
Ne riens ne ſçay : oncques lettre ne leuz
Au mouſtier voy, dont ſuis parroiſſienne,
Paradis painĉt, où ſont harpes & luz,
Et ung enfer ou damnez ſont bouilluz.
L'ung me faiĉt paour, l'autre joye & lieſſe.
La joye avoir faictz moy, haulte décſſe,
A qui pêcheurs doivent tous recourir,
Comblez de foy, ſans fainĉte ne pareſſe.
En ceſte foy je vueil vivre & mourir.

ENVOY.

Vous portaſtes, vierge digne princeſſe,
JÉSUS régnant, qui n'a ne fin, ne ceſſe.
Le tout puiſſant, prenant noſtre faibleſſc,
Laiſſa les cieulx, & nous vint ſecourir ;

*Offrist à mort sa très chère jeunesse ;*
*Nostre Seigneur tel est, tel le confesse ;*
*En ceste foy je vueil vivre & mourir.*

François Villon.

# Ballade

## des dames du temps jadis

*Dictes moy, ou, n'en quel pays,*
*Eſt Flora la belle Romaine ;*
*Archipiada, ne Thais*
*Qui fut ſa couſine germaine ?*
*Écho parlant quand bruyt on maine*
*Deſſus riviere, ou ſus eſtan ;*
*Qui beaulté eut trop plus qu'humaine ?*
*Mais ou ſont les neiges d'antan ?*

*Ou eſt la très-ſage Héloïs,*
*Pour qui fut chaſtré, & puys moyne,*
*Pierre Eſbaillart, à ſainct Denys.*
*Pour ſon amour eut cette eſſoyne.*
*Semblablement où eſt la Royne,*
*Qui commanda que Buridan*
*Fut jetté, en ung ſac, en Seine ?*
*Mais ou ſont les neiges d'antan ?*

55                    11

*La Royne blanche comme ung lys,*
*Qui chantoit à voix de Sereine ;*
*Berthe au grand pied, Biétris, Allys ;*
*Harembouges qui tient le Mayne ;*
*Et Jehanne la bonne Lorraine,*
*Qu'Angloys bruflerent à Rouen ;*
*Ou font ilz, vierge fouveraine ?*
*Mais ou font les neiges d'antan ?*

ENVOY.

*Prince n'enquerez de fepmaine,*
*Ou elles font, ne de cest an,*
*Que ce refrain ne vous remaine :*
*Mais ou font les neiges d'antan ?*

François Villon.

## Doctrine de la belle heaulmière

### aux filles de joie

Or y penfez belle gantière,
Qui m'efcolière fouliez eftre ;
Et vous Blanche la favatière,
Or eft-il temps de vous congnoiftre ;
Prenez à dextre & à feneftre ;
N'efpargnez homme, je vous prie ;
Car vieilles n'ont ne cours, n'y eftre,
Ne que monnoye qu'on defcrie.

Et vous la gente faulciffière
Qui de dancer eftes à deftre ;
Guillemette la tapiffière,
Ne mefprenez vers voftre maiftre ;
Tous vous fauldra clorre feneftre,
Quand deviendrez vieille, fleftrie ;
Plus ne fervirez qu'ung vieil prebftre,
Ne que monnoye qu'on defcrie.

Jehanneton la chaperonnière,
Gardez qu'amy ne vous empestre ;
Katherine l'esperonnière,
N'envoyez plus les hommes paistre :
Car qui belle n'est ne perpetre
Leur bonne grace, mais leur rie.
Laidde v'eille se amour n'impetre,
Ne que monnoye qu'on descrie.

Filles, veuillés vous entremettre
D'escouter pour quoy pleure & crie,
Pour ce que je ne me puys mettre ;
Ne que monnoye qu'on descrie.

François Villon.

## Ballade

Effeminez, lafches & amoliz,
Plongés en baings, repofez en molz lidz,
Ablandiffez, aĝachez en relaiz,
Fuyans aĝraiĝz de vertus embelliz,
Auĝorizans voluptueux deliĝz,
Suyvans bancquetz par citez & pallais
Comme abbortez, très difformes & laids,
Et de vices prophanez & pollus,
Premier que foyent leurs droiĝz ans revoluz,
Et par finy leur terme limité,
Ils enfuivront les fuppofiz deolus.
Tofi déperifi pufillanimité.

Veneriens jeux plaifans & polluz
De délices, gras brochetz & coulus,
Baifers, embras, attouchemens folletz,
Dances, efbas & telz petis mefiis
Sont en moyens d'auoir enfepueliz

*Honteufement mains, maiſtres & varletz ;*
*Car tous eeulz qu'ont ſuivi amoureux laiz,*
*Et les ont diz comme ils les ont voluz*
*Mercenaires d'honneur ne ſont eſleuz,*
*Ains periront en leur infirmité*
*Sans que de nulz ſoient plaingez ne dolluz.*
*Toſt déperiſt puſillanimité.*

*Sextus Tarquin ſubject a neu couliz*
*A Romme ſciſt tant richement croſtis,*
*Qu'il abatit les royaulx chappelliz ;*
*Et Roboam par ung conſeil couliz*
*Meiſt ſur ſa gent tribuz merencolis,*
*Dont affaibly ſe trouva de tous lès ;*
*Marc Anthoine, en traynant les ballaiz,*
*Cleopatra laiſſa ſers eſmoluz ;*
*Marcelline quida harpes & ludz,*
*Lubrique fut juſque à l'extrémité.*
*Peu dura l'heur de Sardanapalus,*
*Toſt déperiſt puſillanimité.*

ENVOY.

*Prince, voyez comme grans ſont aboliz,*
*Tours & chaſteaulx & pays deſmoliz,*

*Et tant de gens cheuz en calamité*
*Quand les Vertus font mifes en oublis,*
*Et les vices ont les cueurs affaiblis.*
*Toft déperift pufillanimité.*

Octavien de Sainct-Gelaiz.

———

## Le cymetière des Anglois

Le mandement par Prudence tranfmis
Aux trois Eftats refponce doit avoir.
Elle nous mande qu'avons des ennemis,
C'eft très bien fait nous le faire affavoir.
Puifqu'a tout mal on voit Anglois mouvoir
Contre Françoys, par la foy qu'à Dieu doibz,
De refifter contr'eulx feray debvoir,
Car France eft cimetiere aux Anglois.

Elle nous mande qu'ilz ne font endormis
A nous piller & rober noftre avoir,
Et qu'ilz ne font trop lafches ni defmis,
Et que de brief nous doibvent venir veoir,
C'eft tres bien fait nous le ramentevoir
Devant qu'en France viengnent faire effrois,
A celle fin par bon ordre y pourvoir,
Car France eft cimetière aux Anglois.

De tout bienfait Anglois ont cueur remis.
D'ainsi vouloir traison concepvoir,
Et pour ce faire ilz ont tous leurs arts mis;
Mais qu'ilz se gardent François venir revoir,
Car si la mort y debvroys recepvoir;
Ils comparront le mal fait aux Francoys.
Je leur conseille non bouger ne mouvoir,
Car France est cimetiere aux Anglois.

ENVOY.

Prince qu'on note que si debvoit pleuvoir
Pierres, cailloux, flourira blanche croix.
Ne taschent plus Anglois nous decepvoir,
Car France est cimetiere aux Anglois.

Pierre Vachot.

————

Une pure et blanche licorne

Qui se vint rendre à pureté

Le grand veneur, qui tout mal pourcchasse,
Portant epieux agus & affilés,
Tant pourchassa par sa mortelle chasse,
Qu'il print un cerf en ses lacz & filetz
Lesquels avoit par grand despit fillés
Pour le surprendre au beau parc d'innocence.
Lors la licorne en forme & belle essence
Saillant en l'air comme royne des bestes,
     Sans craindre envieux & canin,
Monstrer se vint au veneur à sept testes
Pure licorne expellant tout venin.

Le faulx veneur, cornant par fiere audace,
Les chiens mordans sur les champs arrangés,
L'esperant prendre en quelque infecte place,
Par la fureur de tels chiens enragés;
Mais desconfits, las & decouragés,
Ne luy ont faiß morseure ou violence,
Car le lyon de divine excellence

La nourriſſoit d'herbes & fleurs celeſtes,
En la gardant par ſon plaiſir benin,
Sans endurer leurs abboys & moleſtes,
Pure licorne expellant tout venin.

Sus elle eſtoit prévention de grace,
Portant les traits d'innocence empanés
Pour repeller la vénéneuſe trace
De ce chaſſeur & ſes chiens obſtinés,
Qui furent tous par elle exterminés
Sans lui avoir inféré quelque offenſe.
Sa dure corne eſtevoit pour deffenſe,
Donnant ſupport aux beſtes trop ſubjedtes
A ce veneur cauteleux & malin,
Qui ne print onc par ſes dards ni ſagettes
Pure licorne expellant tout venin.

Ainſi ſaillit pardeſſus ſa fallace
Et dards pointus d'archer mortel ferrés,
Se recevant ſur haultaine tarraſſe
Sans eſtre prinſe en ſes lacz & ſes rhetz,
Leſquelz avoit fort tyſſus & ſerrés
Pour lui tenir par ſa fiere inſolence ;
Mais par douceur & par benivolence

Rendre les vint entre les bras honnestes
De purité plaine d'amour divin,
Qui la gardoit, sans taches deshonnestes,
Pure licorne expellant tout venin.

Pour estre ès champs des bestes l'oultrepasse.
Et conforter tous humains désolés,
Triomphalment seule eschappe & surpasse
Les lacz infects par icelle adnullés.
Dont ici bas nous sommes consolés
Par la licorne où gist toute affluence
D'immortel bien par céleste influence ;
Car par ses faicts & meritoires gestes
A conservé tout l'orgueil serpentin
En se monstrant par vertus manifestes
Pure licorne expellant tout venin.

ENVOY.

Veneur maudit, retourne à tes tempestes,
Va te plonger au gouffre sulphurin,
Puisque n'as prins, par les cors & trompestes,
Pure licorne expellant tout venin.

Pierre Fabri.

# Ballade

## à Christofle de Refuge

Se de dix mille martyrs vous voulez rendre
Pour eftre mis en la grand'confrairie,
Befoing fera premierement aprendre
L'heur & malheur d'homme qui fe marye,
Je prie à Dieu & la Vierge Marie,
Que à ce befoing vous doint ayde & fecours ;
Puifque le cucur y a jà prins fon cours,
L'œil y fera guet, embufche, ou efcoute :
Si faulte vient, pour principal recours,
Faictes femblant de jamais n'y veoir goutte.

Vous avez fens & engin pour apprendre
Ce que au cas vous fert ou contrarie.

Le plus fort n'est hault ouvraige entreprendre,
Mais fault penser comment le vent varie ;
Les faictz d'Amour sont œuvres de faerie,
Ung jour croyssans, l'autre fois en decours :
Soient gens de ville, de chasteaulx ou de cours,
Si quelqu'ung vient dont vous soyez en doubte,
Et faulte vient ; pour principal recours,
Faictes semblant de jamais n'y veoir goutte.

Considerez, si femme voulez prendre,
Par quel chemin il fault qu'on la charrye ;
Si faulte faict, & la voulez reprendre,
Elle sera forcenée & marrye.
Soyez dolent, il fauldra qu'elle rye ;
Soyez joyeux, elle fera ses tours :
Si en usant de ruzes & destours,
Bien cognoissez que de vous se desgoutte,
Et faulte vient ; pour principal recours
Faictes semblant de jamais n'y veoir goutte.

ENVOY.

Cousin, sachez que à Paris & à Tours,
Voire à Lyon, chapperons & atours

68

*Sont hault de poil : si concludz, somme toute*
*Quant vollerez de faulxcons & autours,*
*Faictes semblant de jamais n'y veoir goutte.*

Guillaume Crétin.

———————

## Ballade d'amours

Qui en amours veult eſtre heureux
Fault tenir train de ſeigneurie,
Eſtre prompt & adventureux,
Quant à monſtrer l'armaerie ;
Porter drap d'or, orphaverie
Car cela les Dames eſmeut.
' Tout ſert : mais, par ſainte Marie,
Il ne faict pas ce tour qui veult.

Je fuz nagueres amoureux
De Dame en beaulté aſſouvie
Qui me diſt, en motz ſavoureux,
Mon amour eſt en vous ravye ;
Mais il fault qu'el' ſoit deſſervye
Par cinquante eſcuz d'or, s'on peult.
Cinquante eſcuz bon gré ma vie !
Il ne faict pas ce tour qui veult.

Alors luy donnai, fur les lieux
Où elle faifoit l'endormie,
Quatre venues de cueur joyeux,
Voire en moins d'une heure & demie;
Lors me dift, à voix effamye,
Encor ung coup; le cueur me deult.
Encor ung coup! helas! mamye,
Il ne faiâ pas ce tour qui veult.

ENVOY.

Prince, combien qu'on ait envie
D'engrefner, quand le moulin meult,
Si force & puiffance devie
Il ne faiâ pas ce tour qui veult.

Jehan Marot.

---

## Ballade d'amours

Plaifant affez & des biens de fortune
Ung peu garny, me trouvay amoureux,
Voire fi bien qu'en aymai tant fort une,
Que nuict & jour j'en eftoye douloureux;
Mais tant y a que je suis fi heureux,
Que moyennant vingtz efcuz à la rofe,
Je fis cela que chafcun bien fuppofe:
Alors je dis congnoiffant ce paffage:
Au faict d'amours, babil eft peu de chofe;
Riche amoureux a toufiours l'advantage.

Or eft ainfi que durant ma pecune
Je fuz retins pour amy precieux;
Mais quant j'euz faict, fans dire chofe aulcune
Cefte villaine alla jetter les yeux
Sur ung vieillart riche, mais chaffieux,
Laid & hideux, trop plus que ne propofe.

*Ce non obſtant, il en jouit ſa poſe,*
*Dont moy confuz voyant ung tel oultrage,*
*Deſſus ce texte allay bouter en gloſe,*
*Riche amoureux a touſiours l'advantage.*

*Or elle a tort, car noyſe ne rancune*
*N'euſt onc de moy: tant luy fuz gracieux ;*
*Que s'elle euſt dit, donnez-moi de la lune,*
*J'euſſe entreprins de monter jusqu'aux cieulx ;*
*Et non obſtant ſon corps tant vicieulx*
*Au ſervice de ce vieillard expoſe,*
*Dont ce voyant, ung rondeau je compoſe,*
*Que luy tranſmis, mais en peu de langage*
*Me reſpond franc, povreté te depoſe ;*
*Riche amoureux a touſiours l'advantage.*

### ENVOY.

*Prince ſoyez bien parlant comme Oroſe,*
*Bel entre tous, vermeil comme une roſe,*
*Sans dire tien, perdrez temps & uſage ;*
*Parquoy je dis tant en ryme qu'en proſe,*
*Riche amoureux a touſiours l'advantage.*

Jehan Marot.

## Ballade

*On ne voit plus un tas de faintes gens*
*Par les deferts, comme au temps ancien ;*
*Ni départir les biens aux indigens,*
*Comme jadis faifoient les gens de bien ;*
*Aucun pafteur, finon courtifien,*
*On ne voit plus, ni qui prefche en la chaire ;*
*Ains prefche au peuple un moine, ou gardien,*
*Qui vit du pain de ceux qui font du bien :*
*Et les prelatz, que font ilz? groffe chere.*

*Pour obferver les divins mandemens,*
*Ne laiffe nul fon avoir terrien,*
*Et n'y a plus nuls bons entendemens*
*Qu'a l'acquerir par maint divers moyen :*
*A fon falut aucun n'entend plus rien,*

*Ains femble à maints que de Dieu n'ont que faire,*
*Nul ne difpute encore un arrien,*
*Un idolaftre ou un lutherien :*
*Et les prelatz, que font-ilz ? groffe chere.*

*De guerroyer les Turcs & Mécreans,*
*N'eft plus propos, quoi qu'ils nous preffent bien,*
*Ni de mourir comme fit faint Laurens ;*
*Autres auffi, pour la foi d'un chretien,*
*D'alimenter un pauvre comme un chien,*
*Ou un oifeau ou quelque bourdeillere,*
*Nul n'y a l'œil, ains d'un rude maintien,*
*Sont dechaffés des huis fans dire rien ;*
*Et les prelatz, que font-ilz ? groffe chere.*

ENVOY.

*Prince, qui es maiftre aftrologien,*
*Pour voir qui gift au cœur du peuple tien,*
*Tu vois qu'on met ce de devant derriere ;*
*Tous les eftats, par mechant entretien,*
*De t'offenfer font leur quotidien ;*
*Et les prelatz, que font ilz ? groffe chere.*

Eustorge de Beaulieu.

75

## Ballade

Quand j'ois parler d'un prince & de fa cour,
Et qu'on me dit : Fréquentez-y, beau fire ;
Lors je réponds : Mon argent eft trop court,
J'y dépendrois, fans caufe, miel & cire ;
Et qui de cour la hantife défire,
Il n'eft qu'un fol & fuft-ce Parceval :
Car on fe voit fouvent, dont j'ai grand ire,
Très bien monté, puis foudain fans cheval.

Averti fuis que tout bien y accourt,
Et que d'argent on y trouve à fuffire ;
Mais je fçais bien qu'il déflue & décourt,
Comme argent vif fur pierre de porphyre.
Argent ne craint fon maiftre déconfire,
Mais s'effjouir d'aller par mont & val,
En le rendant, pour en deuil le confire,
Très bien monté, puis foudain fans cheval.

Celui qui a l'entendement trop lourd
N'y réussit, fors à souffrir martyre,
Et qui l'esprit a trop gai, prompt & gourd,
Il perd son temps ; malheur à lui se tire.
Esprit moyen, chevance à lui se tire
Mais le danger est de ruer aval ;
Car la cour rend le mignon qu'elle attire
Très bien monté, puis soudain sans cheval.

### ENVOY.

Prince, vrai est, on ne s'en peut dédire,
Que la cour sert ses gens de bien & mal,
Et qu'elle rend l'homme, sans contredire,
Très bien monté, puis soudain sans cheval.

Jehan Bouchet.

---

## Ballade touchant justice

*O justiciers qui ministrez justice,*
*Pas n'est requis d'estre foibles ne fresles*
*Quand vous devez corriger la malice*
*Des vicieux plains de toutes cautelles,*
*Ni estre aussi trop ingratz ou rebelles ;*
*Pitié y doit auoir quelque regard ;*
*Vous estes ceulx à qui est demandée*
*Par les humains, & congnoissez par art,*
*Que Justice est des sainctz cieux procedée.*

*Soubz vos manteaulx doit reposer police*
*Comme au temple reposoient les pucelles ;*
*Car vous auez par les princes office*
*De respandre par tous ses estincelles.*
*Espandez les sur tous ceulx & sur celles*

Qui par larcin, tromperie & barat
L'ont chassée hors, pillée & gourmandée,
Car vous sçavez, corrigeant tout estat
Que Justice est des sainctz cieulx procedée.

N'est si ferré, comme on dit, qui ne glisse,
Ne si saiges qui n'ayent sottes cervelles,
Si tresubtil qui ne face un tour nyce,
Ne si justes qui n'ayent faulses querelles,
Mais getter fault d'auec soy choses telles
Se possible est, & plus tost que plus tart,
Ou de voz cueurs vertu est decedée,
Rememorans en public & à part
Que Justice est des sainctz cieulx procedée.

ENVOY.

Princes, saichez qui justice depart
Peine eternelle luy sera euadée
Car ce n'est point menterie ou broquart
Que Justice est des sainctz cieulx procedée.

                    Pierre Gringoire.

## D'un Chat & d'un Milan

Ie vy n'aguere vn des plus beaux combats
Qu'il est possible, & vaut bien qu'on le sache,
Vn milan vit vn chat dormant en bas,
Si fond sur luy, & du poil luy arrache :
Le chat combat, & au milan s'attache
Si viuement, & l'estraint si très fort,
Que le milan faisant tout son effort
De s'en voler, se tint pris à sa prinse,
Lors me souuint d'un qui a faict le fort,
Qui par son mal a sa foiblesse apprise.

Ie laisse aux grands parler de grands debats
Ie sens trop bien où mon soulier me mache,
Et ne veux point que sous mon stile bas,
Il soit pensé que rien de grand ie cache :
Ce que i'entens n'est sinon qu'il me fache,
Qu'en ce temps cy ou nous auons renfort,

*Aux bonnes arts, que le commun mefprife,*
*Vn fot bufard le molefte à grand tort,*
*Qui par fon mal a fa foibleffe apprife.*

*Pour ce coup cy fon nom n'efcriray pas,*
*Ce m'eft affez qu'on l'entende à fa tache,*
*Mais s'en auant il fait iamais vn pas,*
*Qu'il ne s'eftonne alors fi on luy lafche*
*Infinis traitz : dont le moindre & plus lache*
*L'iroit trouuer iufques dedans fon fort,*
*De Lycambes taint au fang noir & ord :*
*Pourtant qu'il preigne aduis fur l'entreprife*
*Du fol milan volant pour chat qui dort,*
*Qui par fon mal a fa foibleffe apprife.*

ENVOY.

*Vn bien fauant gueres ne poind ne mord,*
*Et l'ignorant s'il peut nuit en furprife,*
*Dont à la fin ceft ennuy le remord,*
*Qui par fon mal a fa foibleffe apprife.*

Mellin de Saint-Gelais.

## Du temps que Marot estoit
## au Palais à Paris

*Muficiens à la voix argentine,*
*Dorefnavant comme un homme efperdu*
*Je chanteray plus hault qu'une buccine;*
*« Hélas! fi j'ay mon joly temps perdu. »*
*Puis que je n'ay ce que j'ay pretendu,*
*C'eft ma chanfon, pour moy elle eft bien deue:*
*Or je voys veoir fi la guerre eft perdue,*
*Ou s'elle picque ainfi qu'un heriffon.*
*Adieu vous dy, mon maiftre Jehan Griffon;*
*Adieu Palais & la porte Barbette,*
*Où j'ay chanté mainte belle chanfon*
*Pour le plaifir d'une jeune fillette.*

*Celle qui c'eft en jeuneffe eft bien fine,*
*Où j'ay efté affez mal entendu,*
*Mais fi pour elle encores je chemine,*
*Parmy les pieds je puiffe eftre pendu;*
*C'eft trop chanté, fifflé & attendu*

Devant ſa porte, en paſſant par la rue,
Et mieux vauldroit tirer à la charrue
Qu'avoir tel' peine, ou ſervir un maſſon.
Bref, ſi jamais j'en tremble de friſſon,
Je ſuis content qu'on m'appelle Caillette ;
C'eſt trop ſouffert de peine & marriſſon
Pour le plaiſir d'une jeune fillette.

Je quiôte tout, je donne, je reſigne
Le don d'aymer, qui eſt ſi cher vendu.
Je ne dy pas que je me determine
De vaincre Amour, cela m'eſt deffendu,
Car nul ne peult contre ſon arc tendu.
Mais de ſouffrir choſe ſi mal congrue,
Par mon ſerment, je ne ſuis plus ſi grue.
On m'a aprins tout par cueur ma leçon :
Je crains le guet, c'eſt un maulvais garſon,
Et puis de nuyôt trouver une charrette,
Vous vous caſſez le nez comme un glaçon
*Pour le plaiſir d'une jeune fillette.

ENVOY.

Prince d'amour regnant deſſoubz la nue,
Livre la moy en un liôt toute nue,

83

*Pour me payer de mes maulx la façon,*
*Ou la m'envoye à l'ombre d'un buyſſon :*
*Car s'elle eſtoit avecques moy ſeulette*
*Tu ne veis onc mieulx planter le creſſon*
*Pour le plaiſir d'une jeune fillette.*

Clément Marot.

## A Madame d'Alençon
## pour estre couché en son Estat

Princeſſe au cueur noble & raſſis,
La fortune que j'ay ſuivie
Par force m'a ſouvent aſſis
Au froid giron de triſte vie;
De m'y ſeoir encor me convie,
Mais je reſpons (comme faſché) :
« D'eſtre aſſis je n'ay plus d'envie;
Il n'eſt que d'eſtre bien couché. »

Je ne ſuis point des exceſſifz
Importuns, car j'ay la pepie,
Dont ſuis au vent comme un chaſſis,
Et debout ainſi qu'une eſpie;
Mais s'une fois en la copie
De voſtre eſtat je ſuis merché,
Je criray plus hault qu'une pie :
« Il n'eſt que d'eſtre bien couché. »

*L'un fouftient contre cinq ou fix*
*Qu'eftre accouldé, c'eft mufardie,*
*L'autre, qu'il n'eft que d'eftre affis*
*Pour bien tenir chere hardie ;*
*L'autre dit que c'eft melodie*
*D'un homme debout bien fiché ;*
*Mais quelque chofe que l'on dic,*
*Il n'eft que d'eftre bien couché.*

ENVOY.

*Princeffe de vertu remplie*
*Dire puis (comme j'ay touché),*
*Si promeffe m'eft accomplie :*
*« Il n'eft que d'eftre bien couché. »*

Clément Marot.

# De frere Lubin

Pour courir en poste à la ville
Vingt foys, cent foys, ne sçay combien ;
Pour faire quelque chose vile,
Frere Lubin le fera bien ;
Mais d'avoir honneste entretien,
Ou mener vie salutaire,
C'est à faire d un bon chrestien,
Frere Lubin ne le peult faire.

Pour mettre (comme un homme habile)
Le bien d'autruy avec le sien,
Et vous laisser sans croix ne pile,
Frere Lubin le fera bien :
On a beau dire je le tien,
Et le presser de satisfaire,
Jamais ne vous en rendra rien,
Frere Lubin ne le peult faire.

Pour desbaucher par un doulx stile
Quelque fille de bon maintien,
Point ne fault de vieille subtile,
Frere Lubin le fera bien.
Il presche en bon theologien,
Mais pour boire de belle eau claire,
Faictes la boire à votre chien,
Frere Lubin ne le peult faire.


ENVOY.


Pour faire plus tost mal que bien,
Frere Lubin le fera bien;
Et si c'est quelque bon affaire,
Frere Lubin ne le peult faire.


Clément Marot.

## Chant de May & de Vertu

Voulentiers en ce moys icy
La terre mue & renouvelle.
Maintz amoureux en font ainſi,
Subjeﬆz à faire amour nouvelle
Par legiereté de cervelle,
Ou pour eﬆre ailleurs plus contens ;
Ma facon d'aymer n'eﬆ pas telle,
Mes amours durent en tout temps.

N'y a ſi belle dame auﬃ
De qui ſa beauté ne chancelle ;
Par temps, maladie ou ſoucy,
Laydeur les tire en ſa naﬀelle ;
Mais rien ne peult enlaydir celle
Que ſervir ſans fin je pretens
Et pour ce qu'elle eﬆ touﬁours belle,
Mes amours durent en tout temps.

*Celle dont je dy tout cecy,*
*C'est Vertu, la nymphe eternelle,*
*Qui au mont d'honneur esclercy*
*Tous les vrays amoureux appelle;*
*« Venez amans, venez (dit-elle),*
*Venez à moi, je vous attens;*
*Venez (ce dit la jouvencelle),*
*Mes amours durent en tout temps.* ɪ

ENVOY.

*Prince, fais amye immortelle;*
*Et à la bien aimer entens,*
*Lors pourras dire sans cautelle,*
*ɾ Mes amours durent en tout temps. »*

Clément Marot.

## Ballade en faveur des œuvres
## De Neuf-Germain

*Par tous les coins de l'Univers*
*Le Cygne Mantouan refonne :*
*L'aveugle Thebain de fes vers*
*Encor toute la Terre étonne,*
*Mais je n'accorde la couronne,*
*Pour le Grec, ny pour le Romain.*
*En l'employant mieux je la donne*
*Au beau Monfieur de Neuf-Germain.*

*L'autre jour le grand Apollon*
*Pere du jour & de la gloire,*
*Tenoit au Ciel un violon*
*Marqueté d'ébene & d'yvoire,*
*Et dit aux filles de Memoire,*
*Je le veux mettre en bonne main,*

*Car je le garde pour la foire*
*Au beau Monsieur de Neuf-Germain.*

*Mercure luy dit : C'est un fou,*
*Que de trop bon œil tu regardes,*
*Il fit des vers sur Tribardou,*
*Avec des paroles Lombardes;*
*Mais ses rimes sont trop hagardes.*
*Le Mars jura par saint Firmin,*
*Qu'il vouloit donner des nazardes*
*Au beau Monsieur de Neuf-Germain.*

*Les Muses lors firent un cry*
*Qui passa la dixieme Sphére*
*Et défendant leur savory,*
*Pleines d'une juste colere,*
*Jurerent à Jupin leur pere,*
*Qu'elles partiroient dès demain;*
*Si pas un d'eux osoit déplaire*
*Au beau Monsieur de Neuf-Germain.*

*Jupiter dit à haute voix,*
*Mes chères filles, je me fie*
*Entierement à votre choix,*

*Quel qu'il foit, je le deïfie,*
*Et veux, je vous le certifie,*
*Que fur Parnaffe ou en chemin,*
*Cinquante veaux on facrifie*
*Au beau Monfieur de Neuf-Germain.*

Voiture.

———

## Ballade du pays de Cocagne

*Ne louons l'Iſle où Fortune jadis*
*Miſt ſes treſors, ni la plaine Eliſée,*
*Ni de Mahom le noble Paradis,*
*Car chacun ſait que c'eſt billeueſée.*
*Par nous plutoſt Cocagne ſoit priſée ;*
*C'eſt bon Païs : l'Almanach point ne ment,*
*Où l'on le voit depcint fort dignement.*
*Or pour ſauoir où giſt cette campagne,*
*Ie le diray diſant* Pays *en Normand,*
*Le Pays de Caux eſt le Pays de Cocagne.*

*Tous les Mardys y ſont de gras Mardys,*
*De ces Mardys l'année eſt compoſée.*
*Cailles y vont dans le plat dix à dix,*
*Et perdreaux sont tendres comme roſée.*
*Le fruit y pleut, ſi que c'eſt choſe aiſée*
*De le cueillir ſe baiſſant ſeulement.*

Poiſſons en beurre y nagent largement,
Fleuues y ſont du meilleur vin d'Eſpagne,
Et tout cela fait dire hardiment
Le Pays de Caux eſt le Pays de Cocagne.

Pour les Beautés de ces lieux, Amadis
Euſt Oriane en ſon temps meſpriſée,
Bien donnerois quatre marauedis
Si i'en auois vne ſeule baiſée.
Plus cointes ſont que n'eſt vne Espouſée,
Et dans Palais ſ'esbatent noblement.
Près leur déduit & leur esbatement
Rien n'euſt paru la Cour de Charlemagne,
Quoy que Turpin en eſcriue autrement.
Le Pays de Caux eſt le Pays de Cocagne.

ENVOY.

Prince, ie iure icy foy de Normand
Que mieux vaudroit eſtre en Caux vn moment,
Roy d'Yuetot, qu'Empereur d'Allemagne ;
Et la raiſon, c'eſt que certainement
Le Pays de Caux eſt le Pays de Cocagne

Sarrasin.

## Ballade d'enlever en amour

sur l'enlevement de Mademoiselle de Bouteville

par Monsieur de Coligny


*Certes ce gentil jeu d'amours,*
*Chacun le pratique à sa guise,*
*Qui par Rondeaux & beaux discours,*
*Chapeau de fleurs, gente cointise,*
*Tournoy, bal, festin, ou deuise,*
*Pense les belles captiuer;*
*Mais ic pense, quoy qu'on en dise,*
*Qu'il n'est rien tel que d'enleuer.*


*C'est bien des plus merueilleux tours*
*La passeroute & la maistrise :*
*Au mal d'aimer, c'est bien tousiours*
*Vne prompte & souëfue crise,*

C'est au gasteau de friandise
De Venus la féue trouuer.
L'Amant est fol qui ne s'auise
Qu'il n'est rien tel que d'enleuer.

Ie say bien que les premiers jours
Que Becasse est bridée & prise,
Elle invoque Dieu au secours
Et ses parens à barbe grise :
Mais si l'amant qui l'a conquise
Sait bien la Rose cultiuer,
Elle chante en face d'Eglise
Qu'il n'est rien tel que d'enleuer.

ENVOY.

Prince vse toufiours de main mise,
Et te souviens pouuant trouver
Quelque jeune fille en chemise,
Qu'il n'est rien tel que d'enleuer.

Sarrasin.

97

## Ballade

*L'Amour pour ma liberté*
*Me promet un doux martire.*
*Ma raison de son côté*
*Me fait peur de son empire,*
*Me dit que je m'en retire :*
*Mais mon cœur sans s'allarmer,*
*Me dit : Aime, ose, desire,*
*Il n'est rien tel que d'aimer.*

*Mon cueur, je suis bien tenté,*
*J'ai grand'peine à te dédire :*
*Mais enfin si la beauté*
*A qui tu veux que j'aspire,*
*Te rebute & te déchire,*
*Pourras-tu t'en retirer,*
*Et viendras-tu me redire :*
*Il n'est rien tel que d'aimer ?*

Oui, je te le redirai,
Dit mon cueur, tant que j'expire.
On est assez fortuné
D'aimer toujours Silvanire,
Sans espoir de la réduire.
Laisse moi donc enflammer,
Si tu veux que je respire.
Il n'est rien tel que d'aimer.

ENVOI.

Beauté pour qui je soupire,
Quoi qu'il en puisse arriver,
N'aimer rien, c'est, sans trop dire,
De tous les états le pire,
Il n'est rien tel que d'aimer.

Bussy-Rabutin.

## Ballade sur la lecture des romans
## et des livres d'amour

Hier je mis, chez Chloris, en train de discourir,
Sur le fait des romans, Alizon la sucrée.
N'est-ce pas grand'pitié, dit-elle, de souffrir
Que l'on meprise ainsi la Legende dorée,
Tandis que les romans sont si chere denrée ?
Il vaudroit beaucoup mieux qu'avec maints vers du temps
De Messire Honoré l'histoire fust bruslée.
Ouy pour vous, dit Chloris, qui passez cinquante ans.
Moi, qui n'en ai que vingt, je pretens que l'Astrée
Fasse en mon cabinet encor quelque sejour ;
Car, pour vous descouvrir le fond de ma pensée,
　　Je me plais aux livres d'amour.

Chloris eut quelque tort de parler si crûment ;
Non que Monsieur d'Urfé n'aist faist une œuure exquise
Etant petit garçon je lisois son roman ;

Et je le lis encore ayant la barve grife.
Auffi contre Alizon je faillis d'avoir prife,
Et foutins haut & clair qu'Urfé, par-cy par-là,
De preceptes moraux nous inftruit à fa guife.
De quoy, dit Alizon, peut fervir tout cela ?
Vous en voit on allér plus fouvent à l'églife ?
Je hais tous les menteurs ; &, pour vous trancher court,
Je ne puis endurer qu'vne femme me dife,
   Je me plais aux livres d'amour.

Alizon dit ces mots avec tant de chaleur,
Que je crus qu'elle eftoit en vertus accomplie ;
Mais fes péchez efcrits tomberent par malheur,
Elle n'y prit pas garde. Enfin eftant fortie,
Nous vifmes que fon fait eftoit papelardie,
Trouvant entre autres points dans fa confeffion :
J'ai lu maiftre Louis mille fois en ma vie :
Et mefme quelquefois j'entre en tentation
Lorfque l'ermite trouve Angelique endormie,
Refvant à tel fatras fouvent le long du jour.
Bref, fans confiderer cenfure ni demie,
   Je me plais aux livres d'amour.

Ah ! ah ! dis-je, Alizon, vous lifez les romans,

Et vous vous arreſtez à l'endroiſt de l'ermite!
Je crois qu'ainſi que vous pleine d'enſeignemens
Oriane prêchoit, faiſoit la chattemite.
Après mille façons, cette bonne hypocrite
Un pain ſur la fournée emprunta, dit l'auteur :
Pour un petit poupon l'on ſçait qu'elle en fut quitte.
Mainte belle ſans doute en a ri dans ſon cœur.
Cette hiſtoire, Chloris, eſt du pape maudite :
Quiconque y met le nez devient noir comme un four.
Parmi ceux qu'on peut lire & dont voici l'élite,
 Je me plais aux livres d'amour.


Clitophon a le pas par droit d'antiquité;
Heliodore peut par ſon prix le prétendre;
Le roman d'Ariane eſt très-bien inventé;
J'ai lu vingt & vingt fois celuy de Polexandre.
En fait d'évenemens, Cleopatre & Caſſandre
Entre les beaux premiers doivent eſtre rangez:
Chacun priſe Cyrus & la carte du Tendre,
Et le frere & la ſœur ont les cœurs partagez.
Meſme dans les plus vieux je tiens qu'on peut apprendre.
Perceval le Gallois vient encore à ſon tour,
Cervantes me ravit; & pour tout y comprendre
 Je me plais aux livres d'amour.

### ENVOI.

*A Rome on ne lit point Boccace sans dispense :*
*Je trouve en ses pareils bien du contre & du pour.*
*Du surplus (Honny soit quy mal y pense !)*
*Je me plais aux livres d'amour.*

Jean de La Fontaine.

———————

## Sur Escobar

C'est à bon droit que l'on condamne à Rome
L'évêque d'Ypre, auteur de vains débats ;
Ses sectateurs nous défendent en somme
Tous les plaisirs que l'on goûte ici-bas,
En paradis allant au petit pas,
On y parvient quoi que Arnauld nous en dise :
La volupté sans cause il a bannie.
Veut-on monter sur les célestes tours,
Chemin pierreux est grande rêverie.
Escobar fait un chemin de velours.

Il ne dit pas qu'on peut tuer un homme
Qui, sans raison, nous tient en altercas
Pour un fétu ou bien pour une pomme ;
Mais qu'on le peut pour quatre ou cinq ducats.
Même il soutient qu'on peut en certains cas
Faire un serment plein de supercherie,

S'abandonner aux douceurs de la vie,
S'il eſt beſoin, conſerver ſes amours.
Ne faut-il pas après cela qu'on crie
Eſcobar fait un chemin de velours ?

Au nom de Dieu, liſez-moi quelque ſomme
De ces écrits dont chez lui l'on fait cas.
Qu'eſt-il beſoin qu'à préſent je les nomme ?
Il en eſt tant qu'on ne les connoît pas.
De leurs avis ſervez-vous pour compas.
N'admettez qu'eux en votre librairie ;
Brûlez Arnauld avec ſa coterie,
Près d'Eſcobar ce ne ſont qu'eſprits lourds.
Je vous le dis : ce n'eſt point raillerie,
Eſcobar fait un chemin de velours.

### ENVOI.

Toi, que l'orgueil pouſſa dans la voirie,
Qui tiens là-bas noire conciergerie,
Lucifer, chef des infernales cours,
Pour éviter les traits de ta furie,
Eſcobar fait un chemin de velours.

Jean de La Fontaine.

105

## Sur le mal d'amour

*De tant de maux qui traverfent la vie,*
*Lequel de tous donne plus d'embarras ?*
*De grands malheurs la famine eft fuivie ;*
*La guerre auffi caufe bien des fracas ;*
*La pefte encore eft un dangereux cas ;*
*Femme fâcheufe eft un méchant partage ;*
*Faute d'argent caufe bien du ravage ;*
*Mais pas ne font là les plus douloureux ;*
*Si m'en croyez, auffi bien que le fage,*
*Le mal d'amour eft le plus rigoureux.*

*De l'éprouver un jour me prit envie,*
*Mais auffitôt adieu joie & foulas ;*
*Ennuis cuifans, noirs foupçons, jaloufie,*
*Cent autres maux je vois venir à tas,*
*Tous mes déduits furent de grands hélas !*
*Liberté fit place à honteux fervage,*

Tu us d'abord, pauvre cœur, mis en cage,
D'où bien voudrois sortir, mais tu ne peux ;
Lors tu chantas sur un piteux ramage
Le mal d'amour est le plus rigoureux.

Quand la beauté que vous avez servie
A vos désirs parfois ne répond pas
C'est bien alors que c'est la diablerie ;
Prendre on voudroit le parti de Judas.
On se pendroit pour moins de deux ducats ;
Sans cesse au cœur on a fureur & rage :
Fer & poison, on met tout en usage
Pour se tirer d'un pas si malheureux.
Qui peut après douter de cet adage :
Le mal d'amour est le plus rigoureux ?

J'excepte amour qui se traite en Turquie
Dans les sérails de ces heureux bachas
D'où cruauté fut de tout temps bannie,
Où douceur gît toujours entre deux draps :
Plaisirs y sont sur des lits de damas,
Chagrins jamais ; jamais dame sauvage.
Jusqu'aux tendrons qui font l'apprentissage,
Tout est galant, traitable & gracieux ;

*Partout ailleurs, dont de bon cœur j'enrage,*
*Le mal d'amour eft des plus rigoureux.*

ENVOI.

*Objet charmant, de qui la belle image*
*Tient dès longtemps mon cœur en efclavage,*
*Soulage un peu mon tourment amoureux.*
*Si tu me fais un tour fi généreux,*
*Plus ne tiendrai ce déplaifant langage :*
*Le mal d'amour eft le plus rigoureux.*

Jean de La Fontaine.

## Ballade à madame Fouquet
## pour le premier terme

Comme je vois monseigneur votre époux
Moins de loisir qu'homme qui soit en France,
Au lieu de lui, puis-je payer à vous ?
Seroit-ce assez d'avoir votre quittance ?
Oui, je le crois : rien ne tient en balance
Sur ce point-là mon esprit soucieux,
Je voudrois bien faire un don précieux ;
Mais si mes vers ont l'honneur de vous plaire,
Sur ce papier promenez vos beaux yeux.
En·puissiez-vous dans cent ans autant faire !


Je viens de Vaux, sachant bien que sur tout
Les Muses font en ce lieu résidence ;
Si leur ai dit, en ployant les genoux :
« Mes vers voudroient faire la révérence
A deux soleils de votre connoissance,
Qui sont plus beaux, plus clairs, plus radieux

Que celui-là qui loge dans les cieux ;
Partant, vous faut agir dans cette affaire,
Non par acquit, mais de tout votre mieux.
En puiſſiez-vous dans cent ans autant faire ! »

L'une des neuf m'a dit d'un ton fort doux
( Et c'eſt Clio, j'en ai quelque croyance ) :
« Eſpérez bien de ſes yeux & de nous. »
J'ai cru la Muſe ; & ſur cette aſſurance
J'ai fait ces vers, tout rempli d'eſpérance.
Commandez donc en termes gracieux
Que, ſans tarder, d'un ſoin officieux,
Celui des Ris qu'avez pour ſecrétaire.
M'en expédie un acquit glorieux.
En puiſſiez-vous dans cent ans autant ſaire !

ENVOY.

Reine des cœurs, objet délicieux,
Que ſuit l'enfant qu'on adore en des lieux
Nommés Paphos, Amathonte, & Cythere,
Vous qui charmez les hommes & les Dieux,
En puiſſiez-vous dans cent ans autant faire !

Jean de La Fontaine.

# Ballade

*A caution tous amants font fujets,*
*Cette maxime en ma tête eft écrite :*
*Point n'ay de foi pour leurs tourmens fecrets*
*Point auprès d'eux n'ay befoin d'eau bénite,*
*Dans cœur humain probité plus n'habite,*
*Trop bien encore a-t-on les mêmes dits*
*Qu'avant qu'Aftuce au monde fut venuë :*
*Mais pour d'effets, la mode en eft perdue,*
*On n'aime plus comme on aimoit jadis.*

*Riches atours, table, nombreux valets,*
*Font aujourd'hui les trois quarts du mérite.*
*Si des amans foumis, conftans, difcrets,*
*Il eft encor, la troupe en eft petite.*
*Amour d'un mois eft amour decrépite.*
*Amans brutaux font les plus aplaudis.*
*Soupirs & pleurs feroient paffer pour gruë,*
*Faveur eft dite auffi tôt qu'obtenue.*
*On n'aime plus comme on aimoit jadis.*

Jeunes beautez en vain tendent filets :
Les jouvenceaux, cette engeance maudite,
  Fait bande à part, près des plus-doux objets;
D'être indolent chacun se félicite,
Nul en Amour ne daigne être hypocrite;
Ou si parfois un de ces étourdis
A quelques soins s'abaisse, & s'habitue,
Don de Mercy seul il n'a pas en vûe ;
On n'aime plus comme on aimoit jadis.

Tous jeunes cœurs se trouvent ainsi faits.
Telle denrée aux soles se débite.
Cœurs de barbons sont un peu moins coquets.
Quand il fut vieux le diable fut hermite,
Mais rien chez eux à tendresse n'invite.
Par maints hyvers desirs sont refroidis;
Par maux fréquens humeur devient bourruë
Quand une fois on a tête chenuë,
On n'aime plus comme on aimoit jadis.

ENVOY.

Fils de Venus, songe à tes interêts,
Je voy changer l'encens en camouflets :

*Tout eſt perdu ſi ce train continuë.*
*Ramène nous le ſiecle d'Amadis.*
*Il t'eſt honteux qu'en cour d'attraits pourvûë ;*
*Où politeſſe au comble eſt parvenuë,*
*On n'aime plus comme on aimoit jadis.*

Madame Deshoulières.

# A Madame Deshoulières

en réponse à la ballade dont le refrain est :

*On n'aime plus comme on aimoit jadis*


*Qu'à caution tous amans soient sujets,*
*C'est une erreur qui les bons discrédite.*
*On voit au monde assez d'amans discrets ;*
*La race encor n'est pas toute détruite ;*
*Quoi qu'en ait dit femme un peu trop dépite,*
*Rien n'est changé du siecle d'Amadis,*
*Hors que pour estre amitié maintenue*
*Plus n'est besoin d'Urgande Desconnue ;*
*On aime encor comme on aimoit jadis.*


*Il est bien vray qu'on choisit les objets,*
*Plus n'est le temps de dame sans mérite ;*
*Quand beauté luit sous simples bavolets,*
*Plus sont prisez que reine décrépite ;*
*Sous quelque toit que Bonne-Grace habite,*
*Chacun y court, jusqu'aux plus refroidis :*

Depuis *Adam* cela ſe continue,
Et quand *Grâce* eſt de *Bonté* ſoutenue,
On aime encor comme on aimoit jadis.

Quand *Celadon* au pays des Forets
Étoit prôné comme un amant d'élite,
On vit *Hylas*, patron des indiſcrets,
En plein marché tenir autre conduite.
Bref en tout temps *Amour* eut à ſa ſuite
Sujets loyaux & ſujets étourdis :
Or n'en eſt pas la couſtume perdue,
Comme autrefois la mode en eſt venue ;
On aime encor comme on aimoit jadis.

### ENVOI.

Toi qui te plains d'*Amour* & de ſes traits,
Dame chagrine, apaiſe tes regrets ;
Si quelque ingrat rend ton humeur bourrue,
Ne t'en prends point à l'*Enfant de Cypris* ;
Cauſe il n'eſt pas de ta déconvenue :
Quand la dame eſt d'attraits aſſez pourvue,
On aime encor comme on aimoit jadis.

Jean de La Fontaine.

# Ballade sur une vieille fille
## qui vouloit se remarier

*C'eſt tout de bon, Venus aux cheveux gris*
*Après vingt ans des glaces du veuvage*
*Les feux d'Amour échauffent vos eſprits :*
*Quoi ! le Damon vous charme & vous engage :*
*Mais pour fixer ce cœur fier & volage,*
*Très-peu vous ſert de brûler comme un four :*
*Chez un galant, chercheur de pucelage,*
*Vieille femme eſt un remede à l'Amour.*

*Vous ne devez ſonger qu'au Paradis :*
*La mort eſt proche, & vous guette au paſſage*
*Et cet amour dont vos ſens ſont epris,*
*Ne ſervira qu'à hâter le voyage.*
*Jadis les cœurs vous rendirent hommage ;*
*Jadis chez vous les ris firent ſejour :*
*Mais maintenant il faut plier bagage :*
*Vieille femme eſt un remede à l'Amour.*

Il me souvient d'avoir lû que jadis,
Ainsi que vous sur le déclin de l'âge,
Phèdre sentit de semblables soucis ;
Mais chacun sçait qu'Hipolite fut sage :
Ce Prince étoit delicat personnage ;
Aussi d'abord, sans prendre un long détour,
En peu de mots il lui tint ce langage :
Vieille femme est un remede à l'Amour.

### ENVOI.

Pour réparer les défauts du visage,
On peut user d'un assez plaisant tour :
Et c'est l'argent ; mais sans cet avantage,
Vieille femme est un remede à l'Amour.

Jean-Baptiste Rousseau.

# Ballade du Vieux Temps

*A qui mettoit tout dans l'amour,*
*Quand l'amour lui-même décline,*
*Il est une lente ruine,*
*Un deuil amer & sans retour,*
*L'automne trainant s'achemine;*
*Chaque hiver s'allonge d'un tour;*
*En vain le printemps s'illumine:*
*Sa lumière n'est plus divine*
*A qui mettoit tout dans l'amour !*

*En vain la Beauté sur sa tour,*
*Où fleurit en bas l'aubépine,*
*Monte avec l'aurore & fascine*
*Le regard qui rôde à l'entour.*
*En vain sur l'écume marine*

*De jour encor sourit Cyprine :*
*Ah ! quand ce n'est plus que de jour,*
*Sa grâce elle-même est chagrine*
*A qui mettoit tout dans l'amour !*

Sainte-Beuve.

——————

## Ballade des Pendus

Sur ſes larges bras étendus,
La forét où s'éveille Flore,
A des chapelets de pendus
Que le matin careſſe & dore.
Ce bois sombre, où le chéne arbore
Des grappes de fruits inouïs
Méme chez le Turc & le More,
C'eſt le verger du roi Louis.

Tous ces pauvres gens morfondus,
Roulant des penſers qu'on ignore,
Dans les tourbillons éperdus
Voltigent, palpitants encore.
Le ſoleil levant les dévore.
Regardez-les, cieux éblouis,
Danſer dans les feux de l'aurore.
C'eſt le verger du roi Louis.

*Ces pendus, du diable entendus,*
*Appellent des pendus encore.*
*Tandis qu'aux cieux, d'azur tendus,*
*Où semble luire un météore,*
*La rosée en l'air s'évapore,*
*Un essaim d'oiseaux réjouis*
*Par dessus leur tête picore.*
*C'est le verger du roi Louis.*

ENVOI.

*Prince, il est un bois que décore*
*Un tas de pendus enfouis*
*Dans le doux feuillage sonore,*
*C'est le verger du roi Louis.*

Théodore de Banville.

# Ballade des pauvres Gens


*Rois qui ferez jugés à votre tour,*
*Songez à ceux qui n'ont ni fou ni maille ;*
*Ayez pitié du peuple tout amour*
*Bon pour fouiller le fol, bon pour la taille*
*Et la charrue, & bon pour la bataille.*
*Les malheureux font damnés, — c'eft ainfi ! —*
*Et leur fardeau n'eft jamais adouci.*
*Les moins meurtris n'ont pas le néceffaire.*
*Le froid, la pluie & le foleil auffi,*
*Aux pauvres gens tout eft peine & mifère.*


*Le pauvre hère en fon trifte féjour,*
*Eft tout pareil à fes bêtes qu'on fouaille.*
*Vendange-t-il, a-t-il chauffé le four*
*Pour un feftin ou pour une époufaille,*
*Le feigneur vient, toujours plus endurci.*
*Sur fon vaffal, d'épouvante faifi,*

*Il met la main, comme un aigle fa ferre,*
*Et lui prend tout, en difant : « Me voici ! »*
*Aux pauvres gens tout eft peine & mifère.*

*Ayez pitié du pauvre fou de cour !*
*Ayez pitié du pêcheur qui treffaille*
*Quand l'éclair fond fur lui comme un vautour,*
*Et de la vierge aux yeux bleus, qui travaille,*
*Humble & rêvant fur fa chaife de paille.*
*Ayez pitié des mères ! O fouci,*
*O deuil ! L'enfant rofe & blond meurt auffi.*
*La mère en pleurs entre fes bras le ferre,*
*Pour réchauffer fon petit corps tranfi :*
*Aux pauvres gens tout eft peine & mifère.*

ENVOI.

*Prince ! pour tous je demande merci !*
*Pour le manant fous le foleil noirci*
*Et pour la nonne égrenant fon rofaire*
*Et pour tous ceux qui ne font pas d'ici :*
*Aux pauvres gens tout eft peine & mifère.*

Théodore de Banville.

# Ballade des belles Châlonnaises

Pour boire j'aime un compagnon,
J'aime une franche gaillardiſe,
J'aime un broc de vin bourguignon,
J'aime de l'or dans ma valiſe,
J'aime un verre fait à Veniſe,
J'aime parfois les violons ;
Et ſurtout, pour faire à ma guiſe,
J'aime les filles de Châlons.

Ce n'eſt pas au bord du Lignou
Qu'elles vout laver leur chemiſe.
Elles ont un épais chignon
Que tour à tour friſe & défriſe
L'aile du vent & de la briſe :
De la nuque juſqu'aux talons,
Tout le reſte eſt neige & ceriſe,
J'aime les filles de Châlons.

Même en revenant d'Avignon
On admire leur vaillantiſe.
Le ſein riche & le pied mignon,
L'œil allumé de convoitiſe,
C'eſt dans le vin qu'on les baptiſe.
Vivent les cheveux drus & longs !
Pour avoir bonne marchandiſe,
J'aime les filles de Châlons !

ENVOI.

Prince, un chevreau court au cytiſe !
Matin & ſoir, dans vos ſalons
Vous raillez ma faineantiſe :
J'aime les filles de Châlons.

Théodore de Banville.

# Ballade pour ma commère

*Le beau baptême et la belle commère !*
*Quels jolis yeux ! difaient les affiftants.*
*On rôtiffait les bœufs entiers d'Homère*
*Et l'on ouvrait la porte à deux battants.*
*Bonne Alizon ! même après tant de temps,*
*Quand je la vois, mon âme en eft tout aife.*
*Elle a des yeux d'enfer, couleur de braife,*
*Et le fein rofe & des lys à foifon ;*
*Elle eft favante avec fes airs de niaife.*
*Le bon Dieu gard' ma commère Alizon !*

*En ce temps-là, mordant l'écorce amère,*
*Dans mon pays de forêts & d'étangs,*
*J'étais encore un coureur de chimère.*
*Elle, on eût dit un matin de printemps !*
*Mais, à la fin, voici qu'elle a trente ans.*
*Ses grands cheveux font blonds, ne vous déplaife :*

Et longs & fins, & lourds, par parenthèſe,
A n'y pas croire. O la riche toiſon !
A la tenir on ſait ce qu'elle pèſe.
Le bon Dieu gard' ma commère Alizon !

Oh ! comme fuit cette enfance éphémère !
Mon Alizon, dont les cheveux flottants
Étaient ſi fous, regarde, en bonne mère,
Ses petits gars, forts comme des titans,
Courir pieds nus dans les prés éclatants.
Elle travaille, aſſiſe ſur ſa chaiſe.
Ne croyez pas ſurtout qu'elle ſe taiſe
Plus qu'un oiſeau dans la belle ſaiſon,
Et ſa chanſon n'eſt pas la plus mauvaiſe.
Le bon Dieu gard' ma commère Alizon !

ENVOI.

Avec un rien, on la fâche, on l'apaiſe.
Les belles dents à croquer une fraiſe !
J'en étais fou pendant la fenaiſon.
Elle eſt mignonne & rit quand on la baiſe,
Le bon Dieu gard' ma commère Alizon !

Théodore de Banville.

## Ballade de la vraie Sagesse

*Mon bon ami, poëte aux longs cheveux,*
*Joueur de flûte à l'humeur vagabonde,*
*Pour l'an qui vient je t'adresse mes vœux :*
*Enivre-toi, dans une paix profonde,*
*Du vin sanglant & de la beauté blonde.*
*Comme à Noël, pour faire reveillon*
*Près du foyer en flamme, où le grillon*
*Chante à mi-voix pour charmer ta paresse,*
*Toi, vieux Gaulois & fils du bon Villon,*
*Vide ton verre & baise ta maîtresse.*

*Chante, rimeur, ta Jeanne & ses grands yeux*
*Et cette lèvre où le sourire abonde ;*
*Et que tes vers à nos derniers neveux,*
*Sous la toison dont l'or sacré l'inonde,*
*La fassent voir plus belle que Joconde.*
*Les Amours nus, pressés en bataillon,*
*Ont des rosiers broyé le vermillon*

Sur le beau sein de cette enchanteresse.
Ivre déjà de voir son cotillon,
Vide ton verre & baise ta maîtresse.

Une bacchante, aux bras fins & nerveux,
Sur les coteaux de la chaude Gironde,
Avec ses sœurs, dans l'ardeur de ses jeux,
Pressa les flancs de sa grappe féconde
D'où ce vin clair a coulé comme une onde,
Si le désir, aux yeux d'émerillon,
T'enfonce au cœur son divin aiguillon,
Profites-en; l'Ame, disait la Grèce,
A pour nous fuir l'aile d'un papillon :
Vide ton verre & baise ta maîtresse.

ENVOI.

Ma muse, ami, garde le pavillon.
S'il est de pourpre, elle aime son haillon,
Et me répète à travers son ivresse,
En secouant son léger carillon :
Vide ton verre & baise ta maîtresse.

Théodore de Banville.

## Ballade des Enfants sans-souci

*Ils vont pieds nus le plus souvent. L'hiver*
*Met à leurs doigts des mitaines d'onglée.*
*Le soir, hélas! ils soupent du grand air,*
*Et sur leur front la bise échevelée*
*Gronde, pareille au bruit d'une mêlée.*
*A peine un peu leur sort est adouci*
*Quand avril fait la terre consolée;*
*Ayez pitié des Enfants sans souci.*

*Ils n'ont sur eux que le manteau du ver,*
*Quand les frissons de la voûte étoilée*
*Font tressaillir & briller leur œil clair.*
*Par la montagne abrupte & la vallée,*
*Ils vont, ils vont! A leur troupe affolée*
*Chacun répond : « Vous n'êtes pas d'ici,*
*Prenez ailleurs, oiseaux, voire volée. »*
*Ayez pitié des Enfants sans souci.*

Un froid de mort fait dans leur pauvre chair
Glacer le sang, & leur veine est gelée.
Les cœurs pour eux se cuiraffent de fer,
Le trépas vient. Ils vont sans mausolée
Pourrir au coin d'un champ ou d'une allée,
Et les corbeaux mangent leur corps transi
Que lavera la froide giboulée.
Ayez pitié des Enfants sans souci.

### ENVOI.

Pour cette vic effroyable, filée
De mal, de peine, ils te disent : Merci !
Muse, comme eux, avec eux exilée.
Ayez pitié des Enfants sans souci !

Albert Glatigny.

## Ballade de l'Amant inquiet

*Vous qui favez, Dames & Damoifelles,*
*Ce qu'eft Amour, notre gentil feigneur,*
*Quand il lui plaît torturer fes fidèles,*
*Ci connaiffez d'où me vient ma frayeur.*
*Rien parmi nous n'eft plus beau ne meilleur*
*Que Dame, hélas! dont fuis en dépendance :*
*Paffion tendre & courtoife prudence*
*Se font choifi pour afiles fes yeux,*
*Et l'agrément de fa douce préfence*
*Eft défiré dans le plus haut des cieux.*

*Saint bataillon, milices éternelles,*
*O gardes-clefs du ciel fupérieur,*
*Éclatants d'or fous vos candides ailes,*
*Vous enviez d'en haut notre bonheur*
*De la bien voir & de lui faire honneur.*
*Jufqu'à ce jour, malgré votre puiffance,*

*Elle eſt ſur terre, & ſa magnificence*
*Manque à l'éclat du Trône radieux,*
*Et c'eſt pourquoi ce fleuron d'innocence*
*Eſt déſiré dans le plus haut des cieux.*

*Ainſ, ô Jéſus ! leurs prières ſont telles*
*Que moi, reſté dans ce monde trompeur,*
*Verrai ſes yeux, tout remplis d'étincelles,*
*Tôt ſe voiler d'une terne vapeur.*
*Un Ange prompt & de qui m'eſt grand'peur,*
*En habit vert couleur de l'eſpérance,*
*Viendra lui dire : « Ici tout eſt ſouffrance ;*
*Monter là-haut, ſur mes aîles, vaut mieux,*
*Car dès longtemps jour de ta ſurvenance*
*Eſt déſiré dans le plus haut des cieux. »*

ENVOI.

*Dames, & vous, Damoiſelles, je penſe*
*(Puiſque j'ai fait rencontre & connaiſſance*
*De cette Dame au cœur religieux)*
*Que le ſalut de mon intelligence*
*Eſt déſiré dans le plus haut des cieux.*

Frédéric Plessis.

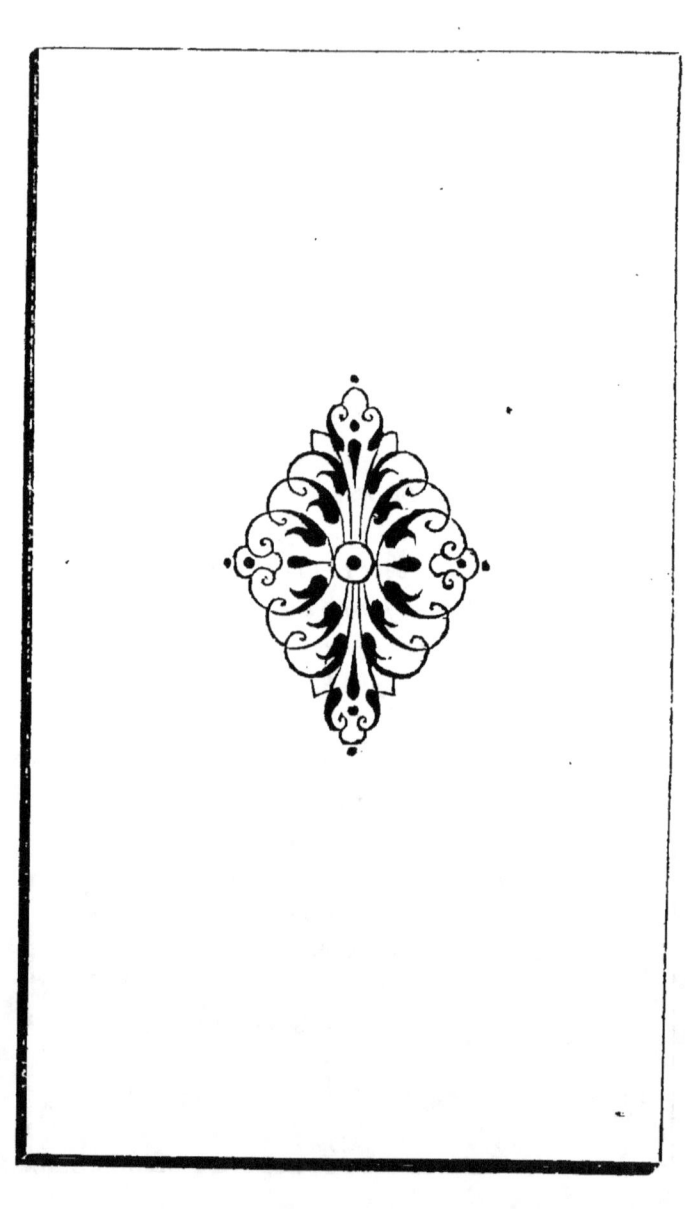

# NOTES

---

BALLADES DE JEHAN FROISSART
p. 1 et suivantes.

*Œuvres de Froiſſart.* Poéſies publiées par M. Aug.
Scheler. Bruxelles, 1870. In-8º.

. Page 1, vers 6, *ſaint Jame*, forme anglaiſe du nom
de ſaint Jacques.

Page 6, vers 11. « Le poëte fait entendre que le
nom de celle qu'adorait Achille, renferme les cinq
lettres qui compoſent celui de la *Chiere Dame*, à qui
ſa ballade eſt adreſſée, & qui, par conſéquent, ſuppoſe-
t-on, s'eſt appelée AELIX. » (Auguſte Scheler.)

BALLADE DE GUY DE LA TRÉMOUILLE p. 7.

*Le livre des cent ballades contenant des conſeils à uu*
*Chevalier pour aimer loialement & les reſponſes aux*

*ballades, publié... par le marquis de Queux de Saint-Hilaire.* Paris. Maillet, M D CCC LXVIII.

La ballade : *En ciel un Dieu, en terre une Déeſſe,* eſt dans les « *reſponſes* ». Elle a été compoſée, ſelon les préſomptions expoſées par M. de Saint-Hilaire, entre les années 1386 & 1392.

Meſſire Guy de la Trémouille, chevalier, était garde de l'oriflamme en 1383. Il mourut en 1398, laiſſant un beau renom de prud'homie.

### BALLADES D'EUSTACHE DESCHAMPS
### p. 9 et suivantes.

*Poéſies morales & hiſtoriques d'Euſtache Deſchamps,* publiées pour la première fois par G.-A. Crapelet, imprimeur. Paris, M. DCCC XXXII. Gr. in-8°.

Page 14, vers 9 & ſuivants. Comprenez : *Pourquoi dames & pucellettes ſont-elles ſi grande difficulté d'aimer un ami, puiſqu'elles ſécheront comme l'herbe ?*

Page 4, vers 14 & ſuivants. Comprenez : *Ceux qui n'aimèrent pas & qui ont dit non à l'amour, auront maigre gloire, mais ceux qui aimèrent généreuſement, apparaîtront la face lumineuſe & auront renommée par le monde.*

Page 16, *Ballade.* Euſtache Deſchamps avait connu & approché le bon connétable de France. Il n'eſt pas le ſeul poëte qui ait chanté Dugueſclin. Cuvelier, trouvère, rima une longue chanſon des geſtes de ſire Bertran.

## Ballades de Christine de Pisan.
### p. 18 et suivantes

*Les Poéfies de Chriftine de Pifan* font confervées en manufcrit à la Bibliothèque nationale. N°ˢ 7,087 — 7,217 — 7,223 — 7,641.

Page 18, vers 2 & 3, *dis,* poëmes, *diâier.* Euftache Defchamps a compofé un « Art de diâier & de fere chançons, balades, virelais & rondeaulx ».

Page 24, *Ballade.* Chriftine de Pifan fut veuve, à vingt-cinq ans, d'Eftienne du Caftel, notaire & fecrétaire du roi Charles V.

Page 25, vers 10, plus affombrie que teinture couleur d'un More.

P. 26. *Complainte fur la mort du duc de Bourgogne.* Dame Chriftine-la-Défolée, qui pleura beaucoup en fa vie, ne pleura jamais plus qu'à la mort du duc Philippe, qui l'avait gratifiée de fes dons. Elle interrompit, à la trifte nouvelle du meurtre, fon livre de *Mutation de Fortune,* & elle écrivit ces lamentations : « Comme obfcurcie de plains, plours & lermes, à caufe de nouvelle mort, me convient faire douloureufe introyte & commencement à la feconde partie de cette œuvre préfente ; adoulée à bonne caufe de furvenue perte, non mie finguliere a moy ou a aulcuns, mais générale & expreffe en maintes terres & plus en ceftuy royaume, comme defpouillié & deffait de l'un de fes fouverains pilliers. »

(*Le Livre des fais & bonnes meurs du fage roy Charles V. 2ᵉ partie.*)

### BALLADES D'ALAIN CHARTIER
#### p. 28 et suivantes.

*Les Œuvres de maiſtre Alain Chartier...* toutes nouvellement réunies, par André du Chefne, Tourangeau.
Paris, 1517. In-f⁰.

### BALLADES DE CHARLES D'ORLÉANS
#### p. 34 et suivantes.

*Poéſies de Charles d'Orléans,* publiées par J.-Marie
Guichard. Paris, Goffelin, 1842. In-12.

Pages 34 à 44. Ballades compoſées en Angleterre
où le duc Charles était priſonnier.

Page 39, vers 1. *La ſaint Valentin,* fête anglaiſe,
confacrée aux fiançailles. C'eſt le jour où l'on dit que
les oiſeaux s'apparient.

Page 41. *Ballade.* Le duc Charles y déplore la mort
de fa dame, qu'il nomme Beaulté, & qui périt « en
droiſte fleur de jeuneſſe ».

### BALLADES DE FRANÇOIS VILLON
#### p. 45 et suivantes.

*Œuvres de maiſtre François Villon,* corrigées & augmentées d'après pluſieurs manuſcrits qui n'étoient pas
connus, précédées d'un *Mémoire...,* par J.-H.-R. Prompfault. Paris, Ebrard, 1835. In-8⁰.

En attendant le texte qu'établit en ce moment
M. Longnon, avec une méthode vraiment ſcientifique,
nous avons ſuivi l'édition de l'abbé Prompfault.

Page 45, *Ballade intitulée les Contredictz de Franc Gontier*. Voici le huitain qui, dans le texte de Villon, précède cette ballade :

> *Gontier ne crains, qui n'a nulz hommes*
> *Et mieulx que moy n'eſt hérité ;*
> *Mais en ce débat cy nous ſommes ;*
> *Car il loüe ſa pouvreté ;*
> *Eſtre pouvre yver & eſté,*
> *A bonheur celà il repute ;*
> *Je le tiens à maheureté,*
> *Lequel a tort ? or en discute.*

*Les Dits de Franc Gontier* eſt un petit poëme du XIVᵉ siècle.

Page 45, vers 11 & ſuiv. Le ſens eſt : *Si Franc Gontier & ſa compagne euſſent ſuivi cette douce vie, ils n'euſſent point mangé leur croûte de pain bis, frottée d'ail & de civette.*

Page 45 vers 15. *Mathon*, lait caillé, — *potée*, boiſſon. On dit encore *potion*.

Page 46, vers 7 & ſuiv. Le ſens eſt : *Le chant de tous les oiſeaux qui ſont d'ici à Babylone ne me retiendrait pas un jour, pas une matinée à la campagne, s'il m'y fallait vivre en ſuivant un ſi maigre régime.*

Page 50. *Ballade et oraſion*. On trouve dans les regiſtres de l'*Officialité pariſienne* de 1460 & 1461, une mention pluſieurs fois répétée de Jean Cotard, qualifié de *procurator* ou de *promotor curiæ*.

P. 50, vers 6. *Architriclin*. Villon déſigne ainſi l'in-

tendant (*architriclinus*) des époux de Cana. Jean II, 9.
P. 51, vers 10 :

> *Bref, il en fut à grand peine au douzième,*
> *Que s'escriant, « Haro ! la gorge m'ard !*
> *Tost, tost, dit-il, que l'on m'apporte à boire ! »*

(La Fontaine. *Contes & Nouvelles,* I, x; le Payfan qui avoit offenfé fon feigneur.)

P. 52. *Ballade que Villon feit à la requeste de sa mère pour prier Nostre-Dame.* Cf. le présent livre p. xxiii.

P. 52, vers 13, *l'Egyptienne,* fainte Marie l'Égyptienne.

P. 52, vers 14. *Théophilus.* Cf. le *miracle Theophilus,* dans Gautier de Coinfi. Rutbeuf en a fait une moralité.

P. 55, vers 2. *Flora,* courtifane qui fut aimée de Pompée.

P. 55, vers 3. *Archipiada* eft peut-être Archippa, dont le fouvenir eft affocié à la mémoire du poëte Sophocle. — *Thaïs,* courtisane qui brilla à Athènes au milieu du ve fiècle.

P. 55, vers 4. *Qui fut fa coufine germaine,* par la beauté.

P. 55, vers 5. La Nymphe *Écho,* d'après Ovide.

P. 55, vers 9. *Héloïs,* Héloïfe, nièce du chanoine Fulbert.

P. 55, vers 11. *Pierre Efbaillard.* Abailard, le doéteur qui mourut en 1142.

P. 55, vers 13 & 14. Cette *Royne* eft Marguerite de

Bourgogne, première femme de Louis le Hutin. Elle débauchait les écoliers, dans la tour de Nelle, & les faisait jeter dans la Seine. Buridan obtint ses dangereuses caresses ; il ne fut pas noyé & il se retira à Vienne, en Autriche, où il fonda une université. Telle est la légende.

P. 56, vers 1. *La Royne blanche comme unig lys* est Blanche de Bourbon, mariée, en 1352, à Pierre le Cruel.

P. 56, vers 3. *Berthe,* Bertrande, fille de Caribert, femme de Peppin, mère de Charlemagne, ou, pour mieux dire, la reine Pedauque, la fileuse qui contait les *Contes de la mère l'Oie* (Cf. Hyacinthe Husson, *La Chaîne traditionnelle* et les *Contes de Perrault,* édition Lefèvre, p. LVII.) — *Biétris*, Béatrix de Provence, mariée, en 1245, à Charles de France, fils de Louis VIII. — *Allys*, Alix de Champagne, mariée, en l'an 1160, à Louis le Jeune, roi de France.

P. 56, vers 4. *Harembouges,* Eremburges, fille & héritière de Élie de La Flèche, comte du Maine, mort en 1110.

P. 56, vers 5. *Jehanne Darc*, née à Dom-Remy, petit village des marches de Lorraine.

P. 56. *Envoi*. Prince, quel que soit le jour de la semaine ou de cette année, que vous me demandiez où elles sont, je vous répondrai en redisant ce refrain : *Mais où sont...*

BALLADE D'OCTAVIEN DE SAINCT-GELAIZ,

p. 59.

*S'ensuyt la Chasse et le départ d'Amours, nouvellement imprimé à Paris, où il y a de toutes les tailles de Rimes que l'on pourroit trouuer. Côpofée par Renieréd per en Dieu meffire Octauien de Saict-Gelaiz euefq dâgoulefme. Et par noble hôme Blaise dauriol Bachelier en chafcun droit, demourât à Thouloufe.* On les vent à Paris en la rue neufue noftre dame A lenfeigne de lefcu de France.

P. 60, vers 8. *Sextus Tarquin.* Tit.-Liv., 1, 54.

P. 60, vers 11. *Roboam.* Reg., III, 2. *Paralip.*, II, 9.

P. 60, vers 14. *Marc Anthoine.* Plut. *Anton.*

P. 60, vers 15. *Cleopatra.* Plut. *Anton.*

P. 60, vers 16. *Marcelline.* Fille de C. Marcellus & d'Octavia, répudiée par Agrippa (?).

### LE CYMETIERE DES ANGLOIS, p. 62.

*La Déploration des Eftatz de France...*

*L'Eftat de Nobleffe,* en apprenant une nouvelle entreprife des Anglais, parle comme on voit en la Ballade.

P. 62, vers 8. N'élidez pas l'*e* muet dans le mot *France.*

P. 63. *Envoy.* Entendez : *Quand il devrait pleuvoir des pierres, la croix blanche fera victorieufe.* Au temps du roi Charles VI, ceux d'Armagnac portaient la croix blanche, & ceux de Bourgogne, alliés aux Anglais, la croix rouge.

### UNE PURE ET BLANCHE LICORNE QUI SE VIENT RENDRE A PURETÉ, p. 64.

*Le Grant & vrai Art de pleine rhetorique...* tant en profe qu'en rime, 1521.

Pierre Fabri, Rouennais, était curé de Meray.

« L'idée que la « fainte douceur » de la vierge était

fupérieure au pouvoir du mal avait pris alors une forme précife dans la légende tant répétée de la Vierge & de la Licorne. La Licorne, qu'on voyait dès le xi<sup>e</sup> siècle fculptée à côté du Bafilic, fur les murs des églifes était, difent les *Beſtiaires,* un cheval-chèvre d'une blancheur immaculée. Elle portait au front une merveilleufe épée. Les veneurs la voyaient paffer dans les clairières ; ils n'avaient jamais pu l'atteindre, tant elle était rapide. On favait toutefois que, fi une vierge, affife dans la forêt, appelait la licorne, la bête obéiſſait, inclinait la tête fur le giron de l'enfant, fe laiſſait prendre, enchaîner par d'auſſi faibles mains. Mais la Licorne tuait la fille « corrompue & non pucelle ».

Voilà ce qui était conté par toutes gens, écouté en friffonnant, retenu & rêvé pendant de longues veillées. Tous avaient vu la Licorne en quelque image taillée ou peinte ; quelques-uns l'avaient reconnue de loin, dans les halliers, aux heures douteufes. (ANATOLE FRANCE, la *Miſſion de Jeanne Darc.*)

BALLADE A CHRISTOFLE DE REFUGE, p. 67.

*Chants royaux, Oraifons &* autres petits *Traités,* par Guillaume Crétin. Paris, Simon du Bois, pour Galliot du Pré, 1527. In-8° gothique.

### BALLADES DE JEAN MAROT
#### p. 70 et suivantes.

*Œuvres de Clément Marot,* avec les ouvrages de Jehan Marot fon père, à La Haye M. DCC. XXXI. in-4°, tome 4.

P. 73, vers 15. Paul Orofe compofa, vers l'an 416 de J.-C., une *Hiftoire univerfelle* fort barbare.

## BALLADE DE EUSTORGE DE BEAULIEU, p. 74.

*Les divers Rapports contenant plufieurs Rondeaux, Ballades, Epiftres, enfemble une du Coq à l'Afne, & une autre de l'Afne au Coq; fept Blafons anatomiques du corps féminin ; la refponfe du blafonneur du.. à l'auteur de l'apologie contre luy...* Lyon, P. de Sainte-Lucie, 1537. In-8º.

## BALLADE DE JEAN BOUCHET, p. 76.

*Opufcules du Traverfeur des voyes périlleufes, nouvellement par luy reveuz, amandez & corrigez; contenant, Épiftre de juftice, le Chappelet des princes, Ballades morales, Deploration de l'Églife.* Poitiers, Jean Bouchet, 1526. In-4º gothique.

Le titre poëtique de Jean Bouchet était, comme on voit : *le Traverfeur des voyes périlleufes.*

Sa devife était : *ha bien touché.*

Jean Bouchet obferve l'alternance des rimes mafculines & des rimes féminines.

## BALLADE TOUCHANT JUSTICE, p. 78.

*Les Abus du Monde.* Paris, P. le Dru, 1504. In-8º gothique.

P. 78, vers 9. « Pfalm., LXXX : *Jufticia de cœlo profpexit.* » Cette glofe eft de Gringoire. Le texte ne s'en retrouve pas dans les pfaumes.

P. 78, vers 11. *Comme au temple repofoient les pucelles.* Peut-être les veſtales.

P. 79, vers 6. « Horatius : *Quandoque bonus dormitas homerus.* » Cette gloſe eſt de Gringoire.

P. 79, vers 8. « Horatius : *Nemo omni eſt ex patre beatus.* » Cette gloſe eſt de Gringoire.

P. 79, vers 11. « Proverb., XI: *Juſtitia liberabis a morte.* » Cette gloſe eſt de Gringoire.

D'UN CHAT ET D'UN MILAN, p. 80.

*Œuvres poétiques de Mellin de Saint-Gelais.* A Lyon, par Antoine de Harsy, 1574. In-8°.

BALLADES DE CLÉMENT MAROT
p. 82 et suivantes.

*Œuvres de Marot,* augmentées d'un grand nombre de ſes compoſitions nouvelles. Lyon, Dolet, 1543. In-8°.

P. 82. *Du temps que Marot eſtoit au Palais à Paris.* Clément Marot, après avoir achevé ſes études univerſitaires, ſuivit le Palais. Mais il ne reſta pas long-temps parmi les baſochiens.

P. 82, vers 10. *La porte Barbette,* proche la rue & l'hôtel Barbette.

P. 85. *A madame d'Alençon, pour eſtre couchée en ſon eſtat.* Ce fut en l'an 1519 que Clément Marot fut attaché à la cour de madame Marguerite de Valois, ducheſſe d'Alençon & de Berry.

On le trouve inſcrit pour la première fois parmi les penſionnaires de la bonne ducheſſe de Valois, à la date de 1524. (Cf. d'Héricault, *Nouvelle Collection Janet.*) Il recevait 95 livres par an. Il était en même temps attaché à la maifon militaire du duc d'Alençon, mari de Marguerite.

P. 87, *de Frère Lubin.* « Tu trouveras d'autres Balades à double refrain, l'un repeté au mylieu du couplet & l'autre à la fin, comme en la Balade de Marot à Frere Lubin, & cefte maniere de refrain double eft autant rare que plaifante. » (*L'Art poétique françois,* par Thomas Sibilet.)

P. 89. *Chant de May & de Vertu.* Confultez, sur le titre, le chapitre de l'*Art poétique* de Thomas Sibilet, lequel nous donnons en Appendice, n° II.

### BALLADE EN FAVEUR DES ŒUVRES DE NEUF-GERMAIN, p. 91.

Les *Œuvres de Monfieur de Voiture,* à Paris, rue Saint-Jacques, chez Michel Guignard & Claude Robuftel. M.DCC.XIII, in-8°, t. II.

### BALLADES DE SARRASIN p. 94 et suivantes.

*Les Œuvres de monfieur Sarafin.* A Paris, chez Auguftin Courbé, M. DC. LVI. In-4°.

### BALLADE DE BUSSY RABUTIN, p. 98.

*Les Lettres de meffire Roger de Rabutin, comte de Buffy,* lieutenant général des armées du roi... A Paris, chez Florentin & Pierre Delaume, M. DC XCVIII.

Cette Ballade eſt jointe à une lettre du comte de
Buſſy à M. de Sc... (Scudéry).

A Buſſy, ce 16 février 1676.

« ... Je vous envoye la Balade que vous m'avez
demandée. Elle a un petit air de Marot qui ne me
déplait pas. »                          ὰ ·

BÁLLADES DE JEAN DE LA FONTAINE
p. 100 et suivantes.

*Contes mis en vers par Jean de la Fontaine*. Paris,
Claude Barbin, 1665. In-12.

*Ballade ſur la leĉture des romans & des livres d'amour*.
Ce poëme n'a de la ballade que le refrain.

P. 100, vers 7. L'*Aſtrée*, de Honoré d'Urfé.

P. 101, vers 16. *Maître Louis*, l'Arioſte.

P. 101, vers 17. Voici l'*endroit de l'ermite* qui ſit
entrer en tentation Alizon la Sucrée :

« De la cime d'un rocher élevé, l'ermite a vu Angélique, au comble de l'affliĉtion et de l'épouvante,
aborder à l'extrémité de l'écueil. Il était lui-même
arrivé ſix jours avant, car un démon l'y avait porté
par un chemin non frayé. Il vient à elle, avec un air
plus dévot que n'en eurent jamais Paul ou Hilarion.

« A peine la dame l'a-t-elle aperçu que, ne le re-
connaiſſant pas, elle reprend courage. Peu à peu, ſa
crainte s'apaiſe, bien qu'elle ait encore la pâleur au
viſage. Dès qu'il eſt près d'elle, elle dit : « Ayez pitie
de moi, mon père, car je ſuis dans une malheureuſe
ſituation. » — Et, d'une voix interrompue par les

fanglots, elle lui raconta ce qu'il favait parfaitement.

« L'ermite commence à la réconforter par de belles et dévotes paroles; et, pendant qu'il parle, il promène des mains audacieufes tantôt fur fon fein, tantôt fur fes joues humides. Puis, devenu plus hardi, il va pour l'embraffer. Mais elle, tout indignée, lui porte violemment la main à la poitrine & le repouffe, & fon vifage fe couvre d'une honnête rougeur.

« Il avait à fon côté droit une poche. Il l'ouvre & il en tire une fiole pleine de liqueur. Sur ces yeux puiffants, où Amour a allumé fa plus brûlante flamme il en jette légèrement une goutte qui fuffit à endormir Angélique. La voilà, gifant renverfée fur la table, livrée à tous les défirs du lubrique vieillard.

« Il l'embraffe & fa palpe à plaifir; & elle dort, & ne peut faire réfiftance. Il lui baife tantôt le fein tantôt la bouche. Perfonne ne peut le voir en ce lieu âpre et défert. Mais, dans cette rencontre, fon deftrier trébuche, car le corps débile ne répond point au défir. Il avait peu de vigueur, ayant trop d'années, & il peut d'autant moins, qu'il s'effouffle davantage.

« Il tente toutes les voies, tous les moyens, mais fon pareffeux rouffin fe refufe à fauter. En vain il lui fecoue le frein, en vain il le tourmente; il ne peut lui faire tenir la tête haute. Enfin, il s'endort près de la dame qu'un nouveau danger menace encore. La fortune ne fe contente pas de fi peu, quand elle a pris un mortel pour jouet. »

. . . . . . . . . . . . . . . . . . . . . . . . . . .

(*Roland furieux*, chant VIII, huitains 45 à 50.)

M. Francisque Reynard a bien voulu nous communi-
quer ce fragment de fa belle traduction de l'Arioſte,
actuellement ſous preſſe.

P. 102, vers 3. Dans *Amadis de Gaule, le Beau
Ténébreux* on lit :

Chapitre xl. *Comment Amadis alla paſſer une dernière
nuit avec ſa mie Oriane, à qui il avoua les raiſons de ſon départ.*

Chapitre xlii. *Comment Oriane, ſe ſentant groſſe, aviſa
aux moyens de céler ſon état.*

Dans *Amadis, le Chevalier de la verte épée,* ſuite du
précédent, on lit :

Chapitre xxix. *Comment le roi Liſvart livra aux am-
baſſadeurs de l'Empereur ſa fille Oriane & autres demoi-
ſelles pour les conduire à Rome.*

P. 102, vers 12. *Clitophon. Les Amours de Clitophon
& de Leucippe,* par Achille Tatius.

P. 102, vers 13. *Les Amours de Théagène & Chariclée,*
par Héliodore.

P. 102, vers 14. *Ariane,* par Jean Deſmarets.

P. 102, vers 15. *Polexandre,* par Marin le Roy de
Gomberville.

P. 102, vers 16. *Cléopâtre,* par la Calprenède.

P. 102, vers 16. *Caſſandre,* par le même.

P. 102, vers 18. *Cyrus,* par M^lle de Scudéry. La *Carte
du Tendre* eſt dans ce roman.

P. 102, vers 19. Le roman de *Clélie* avait d'abord
paru ſous le nom de Georges Scudéry, bien qu'il fût de
ſa ſœur Madeleine.

P. 102, vers 21. *Perceval le Gallois,* par Chriſtien
de Troyes.

P. 104. *Sur Efcobar.* « Quoiqu'il ( La Fontaine )
n'ait pris aucune part aux difputes religieufes qui
alors agitaient la fociété, & même ébranlaient l'État,
cependant il réfuma en quelque forte toutes les rail-
leries du janfénifte Pafcal sur les jéfuites dans fa jolie
Ballade fur Efcobar. » (*Hiftoire de la vie & des ouvrages de Jean de La Fontaine*, par C.-A. Walckenaer.)

P. 106. *Ballade fur le mal d'Amour.* Cette Ballade a
d'abord été imprimée dans un recueil de poéfies de
Pavillon, avec la fignature de La Fontaine. Elle eft
de 1684.

P. 109. *Ballade à madame Fouquet.* La Fontaine
plut au furintendant Fouquet, qui le prit pour fon
poëte, fe l'attacha & lui fit une penfion de mille francs,
à condition qu'il en acquitterait chaque quartier par une
pièce de vers, condition qui fut exactement remplie.

Pour le terme de la Saint-Jean de l'an 1659, le poëte
envoya la *Ballade à madame Fouquet.* Pelliffon, fecrétaire du furintendant, libella en vers une double quittance pour cette Ballade. Voici comment s'exprime le
*notaire du Parnaffe :*

Quittance publique pour la Ballade
par Jean Pellisson.

*Par-devant moi, fur Parnaffe notaire,*
*Se préfenta la reine des beautés,*
*Et des vertus le parfait exemplaire,*
*Qui lut ces vers, puis les ayant comptés,*
*Pefés, revus, approuvés & vantés,*

*Pour le paſſé voulut s'en ſatisfaire ;*
*Se réſervant le tribut ordinaire,*
*Pour l'avenir, aux termes arrêtés,*
*Muſes de Vaux, & vous leur ſecrétaire,*
*Voilà l'acquit tel que vous ſouhaitez.*
*En puiſſiez-vous dans cent ans autant faire !*

Quittance ſous ſeing privé pour
la Ballade précédente, par Pellisson.

*De mes deux yeux, ou de mes deux ſoleils,*
*J'ai lu vos vers qu'on trouve ſans pareils,*
*Et qui n'ont rien qui ne me doive plaire.*
*Je vous tiens quitte & promets vous fournir*
*De quoi partout vous le faire tenir,*
*Pour le paſſé, mais non pour l'avenir.*
*En puiſſiez-vous dans cent ans autant faire !*

BALLADE DE Mme DESHOULIÈRES, p. 111.

C'eſt à propos de l'opéra d'*Amadis*, repréſenté en
janvier 1684, que madame Deshoulières fit la Ballade :

*On n'aime plus comme on aimoit jadis.*

Mme Deshoulières avait quelque raiſon de parler de la
ſorte : elle atteignait ſa cinquantième année. Elle adreſſa
ſon poëme au duc de Montauſier, qui était auſſi ſuranné
comme amant qu'elle l'était comme maîtreſſe.

« Une foule de poëtes ſe préſentèrent pour défendre
le temps préſent contre les attaques de celle qu'on
appelait la dixième muſe, la Calliope françaiſe. Le
duc de Saint-Aignan, qui jouiſſait de toute la fa-

veur du roi, entra un des premiers dans la lice ;
& M^me Deshoulières, flattée d'avoir à combattre un tel
champion, répondit à la Ballade qu'il avait compofée,
fur les mêmes rimes, & avec le même refrain que la
fienne. Le duc de Saint-Aignan répliqua ; madame Deshoulières ripofta de nouveau. » (*Walckenaer.*) Voici
ces diverfes répliques :

### Réponse de M. le duc de Saint-Aignan.

#### Balade.

A caution tous ne font pas fujets.
Autre maxime en ma tête eft écrite ;
Et pour parler de mes tourmens fecrets,
Oneques de cour ne connus l'eau benite.
Si dans mains cœurs probité plus n'habite,
Au mien les faits fuivent toûjours les dits.
Par moi l'Aftuce au monde n'eft venuë,
D'amans loyaux fi la mode eft perduë,
Moy j'aime encor comme on aimoit jadis.

Nul riche atour, nul nombre de valets,
Ne contribue à mon peu de mérite.
Toûjours me tiens au rang des plus difcrets :
Tant mieux pour moy fi la troupe eft petite,
Amour chez moy n'eft jamais décrepité,
Et quand les fots font les plus aplaudis
Düffay-je en tout paffer pour une gruë,
Faveur fe cache auffi-tôt qu'obtenuë,
Tant j'aime encor comme on aimoit jadis.

*Jeunes beautez qui tendez vos filets,*
*Chassez bien loin cette engeance maudite*
*De jouvenceaux, quand près des beaux objets*
*D'être indolent chacun se félicite.*
*Je sens l'amour sans faire l'hypocrite,*
*Et le sers mieux qu'un de ces étourdis;*
*Mais si pour vous aux soins je m'habituë,*
*Don de mercy j'auray toûjours en vûë,*
*Car j'aime encor comme on aimoit jadis.*

*Quand jeunes cœurs se trouvent ainsi faits,*
*Present meilleur à Dame on ne débite.*
*Cœurs de barbons peuvent être coquets.*
*Le diable eut tort quand il se fit hermite.*
*Si ma personne à tendresse n'invite,*
*Mes sens au moins point ne sont refroïdis.*
*Par aucuns maux mon humeur n'est bourruë,*
*Et peu m'en chaut, si j'ay teste chenuë,*
*Car j'aime encor comme on aimoit jadis.*

### Envoy

*Fils de Venus songe à tes interêts,*
*Reprends l'encens, & rends les camousiets,*
*Accorde à tous que ce train continuë,*
*Nous reverrons le siecle d'Amadis;*
*Et si jamais Dame d'attraits pourvûë*
*A m'enflâmer se trouve parvenûë,*
*Je l'aimerai comme on aimoit jadis.*

### Réponse à M. le duc de Saint-Aignan.

#### Balade.

*Duc, plus vaillant que les fiers Paladins*
*Qui de géans conquéloient les armures :*
*Duc, plus galant que n'étoient Grenadins,*
*Point contre vous ne font mes écritures.*
*Grand tort aurois de blafonner vos feux.*
*Hé qui ne fçait, beau fire, je vous prie,*
*Qu'en fait d'amour & de chevalerie*
*Onques ne fut plus veritable preux ?*

*Vous pourfendez vous feul quatre affaffins,*
*Vous réparez les torts & les injures,*
*Feriez encor plus d'amoureux larcins*
*Que jouvenceaux à blondes chevelures ;*
*Ce que jadis fit le beau tenebreux*
*Près de vos faits n'eft que badinerie,*
*D encombriers vous fortez fans féerie.*
*Onques ne fut plus veritable preux.*

*Jamais l'Aurore aux doigts incarnadins*
*En jours brillans ne change nuits obfcures*
*Que cault Amour & Mars aux airs mutins*
*Vous n'invoquiez pour avoir avantures.*
*Vous bravez tout, malgré des ans nombreux*
*Qui volontiers empêchent qu'on ne rie,*
*Avez d'un fils augmenté votre hoirie :*
*Onques ne fut plus veritable preux.*

Envoy

*Que puiffiez-vous, Chevalier valeureux,*
*En tout combat, en butin amoureux,*
*Ne vous douloir jamais de tromperie,*
*Et qu'à l'envi chez nos derniers neveux,*
*Lifant vos faits hautement on s'écrie :*
*Onques ne fut plus veritable preux.*

### Réponse de M. le duc de Saint-Aignan.

### Balade.

*O l'heureux temps où les fiers Paladins*
*En toutes parts cherchoient les avantures,*
*Où fans dormir non plus que font lutins*
*Ja n'étoient las de porter leurs armures !*
*Princes & Roys par vins & confitures*
*Les régaloient au fortir des feftins.*
*Dame à bon droit des beaux efprits cherie,*
*Qui faites cas des guerriers valeureux,*
*Eft-il rien tel qu'art de chevalerie ?*
*Fut-il jamais un mêtier plus heureux ?*

*Ces Damoifels s'ébatoient ès jardins*
*Bien atournez de pompeufes vêtures.*
*Là, plus vermeils qu'on ne peint Chérubins,*
*Chapeaux de fleurs mis fur leurs chevelures,*
*Se déduifoient en fuperbes parures.*
*Riches plumats, toiles d'or, & fatins,*
*De les voir tels toute ame étoit ravie,*
*Tant avoient l'air de gens victorieux*

*Dame sans pair, dites-nous, je vous prie :*
*Fut-il jamais un métier plus heureux ?*

*S'il avenoit que felons assassins*
*En dur estour leur fissent des blessures,*
*Ja nul métier n'avoient de medecins,*
*Filles de Roys moult belles créatures*
*Qu'on renommoit pour leurs sçavantes cures*
*Sur lits molets & sur riches coussins,*
*Chacune à part soigneuse de leur vie,*
*Les confolant par devis amoureux,*
*Rendoient bien-tôt leur perfonne guerie ;*
*Fut-il jamais un métier plus heureux ?*

*Moy qui toûjours surpassant maints bloudins*
*En vrais effets ainsi qu'en écritures,*
*Ay depuis peu mis au jour deux bambins,*
*Dont on feroit d'agréables peintures,*
*Dans la vigueur qu'on voit en mes alures,*
*Je veux aussi par de nobles desseins,*
*Des ennemis voir la face blêmie,*
*Et leur livrer un assaut vigoureux,*
*Puis tôt après retourner vers ma mie.*
*Fut-il jamais un métier plus heureux ?*

### Envoy

*Que puissiez-vous, Dame au cœur genereux,*
*Voir en honneur toûjours vôtre mefgnie,*
*Et qu'un germain moult digne de nos vœux*

*Se trouve un peu revêtu d'Abaye*
*De bon raport, commode, & bien nombreux.*
*Si que mitré, content & glorieux*
*En tel déduit quelquefois il s'écrie,*
*Fut-il jamais un métier plus heureux?*

Réponse à M. le duc de Saint-Aignan.

### Balade.

*Los immortel que par fait héroïque*
*Chevalerie en tous lieux aqueroit,*
*Vous fait aimer ce temps hyperbolique :*
*Quand est de moy ce qui plus m'en plairoit,*
*Ce n'est combat, vêture magnifique,*
*Tournois fameux, mais bien l'Amour antique*
*Dont triste mort seule voyoit le bout.*
*Bon Chevalier que tout craint & révere,*
*Ainsi le monde en sentiment differe :*
*Opinion chez les hommes fait tout.*

*L'un rit de tout, l'autre mélancolique,*
*D'Arlequin même en mille ans ne riroit,*
*L'un pour joüer fait devenir éthique*
*Son train & lui, l'autre ne troqueroit*
*Pour mines d'or sa verve poëtique,*
*L'un de tout œuvre entreprend la critique,*
*Et fait souvent conte à dormir debout :*
*L'autre à son gré reglant le ministere,*
*De se regler ne s'embarasse guere :*
*Opinion chez les hommes fait tout.*

*Espoir de gain fait faire aux flots la nique,*
*Defir de gloire en perilleux endroit*
*Conduit guerriers, nature pacifique*
*Aux Magiftrats met en tefte le droit.*
*Ambition fait que le coffre on pique,*
*Vanité fait que Philofophe explique :*
*Comment tout vient, en quoy tout fe réfout ;*
*Chaque mortel coiffé de fa chimere,*
*Croit à par foy que mieux on ne peut faire :*
*Opinion chez les hommes fait tout.*

*Non moins diverfe en chaque République*
*Eft la coûtume, icy punir on voit*
*Sœur avec qui fon frere prévarique.*
*Et la Perfane en fon lit le reçoit :*
*Germains font cas de la liqueur bachique,*
*Le Mufulman en défend la pratique,*
*Subtil larcin Lacedemone abfout.*
*Où le Soleil monte fur l'Emiffphere,*
*Par pieté le fils meurtrit fon pere :*
*Opinion chez les hommes fait tout.*

### Envoy

*Duc dont le los vole du fein Perfique*
*Jufqu'où Phébus finit fon tour oblique,*
*De mon Germain point ne fçavez le goût,*
*Groffe Abaye à la mitre il préfere.*
*Trop lourd, dit-il, eft facré caraƈter :*
*Opinion chez les hommes fait tout.*

« Pavillon fe joignit au défenfeur du temps préfent,
& dans de fort jolies Ballades foutint

*Qu'on aime encor comme on aimoit jadis.*

D'autres convinrent avec l'apologifte du fiècle d'A-
madis

*Qu'on n'aime plus comme on aimoit jadis.*

« Mais ils convertiffaient galamment cet aveu en
compliments pour la dixième Mufe. De Lofme de
Monchefnay, l'auteur connu du *Boleana,* lui difait :

*Oui, j'en conviens, charmante Deshoulieres ;*
*Mais fi chaque beauté poffedoit vos lumieres,*
*On reverroit bientôt le fiecle d'Amadis.*

. . . . . . . . . . . .

*Si, comme vous, toutes nos dames*
*Avoient l'art de toucher nos ames,*
*On aimeroit bientôt comme on aimoit jadis.*

« La Fontaine, qui était fortement prévenu contre
madame Defhoulières depuis qu'elle avait cabalé contre les pièces de Racine, fon ami, lui répondit sur un
ton bien différent de celui de Monchefnay. » *(Walcke-*
*naer.)* La Fontaine ne fit point imprimer cette Ballade.

P. 114, vers 8. *Urgande Defconnue.* On lit dans
*Amadis* (les Princes de l'Amour) :

Chapitre XI. « Comment Urgande la Deconnue, à laquelle on ne fongeait pas, prouva qu'elle fongeait à fes protégés, en furvenant la veille des noces. »

BALLADE SUR UNE VIEILLE FILLE, p. 116.

*Œuvres diverfes de M. Rouffeau.* Nouvelle édition. A Bruxelles ; aux dépens de la Compagnie, M. DCC. XLI.

BALLADE DU VIEUX TEMPS, p. 118.

*Poéfies complètes de Sainte-Beuve.* Paris, Charpentier & Cie, 1869. In-12.

Ce petit poëme de Sainte-Beuve n'eft qu'un tronçon de Ballade. Le XIXe fiècle eft peu riche en Ballades. Nous aurions voulu mettre parmi nos pièces de choix un poëme à refrain d'Alfred de Muffet, celui que le poëte attribue à fa Carmofine. Mais ce morceau n'a de la vieille Ballade que le refrain & un certain air d'archaïfme. On en jugera ; voici ce poëme :

> *Va dire Amour, ce qui caufe ma peine,*
> *A mon feigneur, que je m'en vais mourir,*
> *Et, par pitié, venant me fecourir,*
> *Qu'il m'eût rendu la Mort moins inhumaine.*
> *A deux genoux je demande merci.*
> *Par grâce, Amour, va-t'en vers fa demeure.*
> *Dis-lui comment je prie & pleure ici,*
> *Tant & fi bien qu'il faudra que je meure*

*Tout enflammée, & ne sachant point l'heure*
*Où finira mon adoré souci.*
*La Mort m'attend, & s'il ne me relève*
*De ce tombeau prêt à me recevoir,*
*J'y vais dormir, emportant mon doux rêve;*
*Hélas! Amour, fais-lui mon mal savoir.*

*Depuis le jour où le voyant vainqueur,*
*D'être amoureuse, Amour, tu m'as forcée,*
*Fût-ce un instant, je n'ai pas eu le cœur*
*De lui montrer ma craintive pensée,*
*Dont je me sens à tel point oppressée,*
*Mourant ainsi, que la Mort me fait peur.*
*Qui sait pourtant, sur mon pâle visage,*
*Si ma douleur lui déplairait à voir!*
*De l'avouer je n'ai pas le courage.*
*Hélas! Amour fais-lui mon mal savoir.*

*Puis donc, Amour, que tu n'as pas voulu*
*A ma tristesse accorder cette joie,*
*Que dans mon cœur mon doux seigneur ait lu,*
*Ni vu les pleurs où mon chagrin se noie,*
*Dis-lui du moins, & tâche qu'il le croie,*
*Que je vivrais, si je ne l'avais vu.*
*Dis lui qu'un jour, une Sicilienne*
*Le vit combattre & faire son devoir.*
*Dans son pays, dis-lui qu'il s'en souvienne,*
*Et que j'en meurs, faisant mon mal savoir.*

*(Carmosine, acte II, scène VII.)*

### Ballades de Théodore de Banville,

p. 120 et suivantes.

*Gringoire,* comédie en un acte, en profe, par Théodore de Banville. Paris, Michel Lévy. In-12.

Théodore de Banville. *Trente-fix Ballades joyeufes.* Paris, Alphonfe Lemerre, éditeur, 1873. In-12.

### Ballade des enfants sans souci, p. 130.

*Le Parnaffe contemporain.* Recueil de vers nouveaux. Deuxième férie, 1869-71. Paris, Aphonfe Lemerre, M. DCCC. LXX. In-8°.

### Ballade de l'amant inquiet, p. 132.

Inédite.

# APPENDICE

---

## LES RÈGLES DE LA BALLADE

### I

Or fera dit & efcript cy-aprcs la façon des Balades ; & premierement eft affavoir qu'il eft Balade de huit vers dont la rubriche eft pareille en ryme au ver ante-fequent, & toutefois que le derrain mot du premier ver de la Ballade eft de trois fillabes, il doit eftre de onze piez, fi comme il fera veu par exemple cy-après, & fe le derrenier mot du fecond ver n'a que une ou deux fillabes, ledit ver fera de dix piez ; & fe il y a aucun ver coppé qui foit de cinq piez, cellui qui vient après doit eftre de dix.

Exemple fur ce qui dit eft :

#### BALADE DE HUIT VERS COUPPEZ.

*Je hez mes jours & ma vie dolente,*
*Et je maudis l'eure que je fu nez ;*
*Et à la mort humblement me prefente*

*Pour les tourmens dont je fuy fortunez ;*
  *Je hez ma concepcion,*
*Et ſi maudi ma conſtellacion,*
*Où fortune me fiſt naiſtre premier,*
*Quand je me voy de touz maulx priſonnier.*


Et eſt ceſte Balade léonine par ce qu'en chaſcun ver elle emporte ſillabe entiere, auſſi comme *dolente* & *preſente ; concepcion* & *conſtellacion.*


### AUTRE BALADE.


*De tous les biens temporelz de ce monde*
*Ne ſe doit nulz roys ne ſires clamer,*
*Puiſque telz ſont que fortune ſur onde,*
*Qui par ſon droit les puet ſouldre & embler ;*
*Le plus puiſſant puet l'autre déſerter,*
*Si qu'il n'eſt roy, duc, n'empereur de Romme,*
*Qui en terre puiſt vray tiltre occuper*
*Ne dire ſien, fors que le ſens de l'omme.*


Cette Balade eſt moitié léonine & moitié ſonant, ſi comme il appert par *monde,* par *onde,* par *omme,* par *Romme,* qui ſont plaines ſillabes & entieres. Et les autres ſonans tant ſeulement, où il n'a point entiere ſillabe, ſi comme : *clamer* & *oſter,* où il n'a que demie ſillabe, ou ſi comme ſeroit *préſentement* & *innocent.* Et ainſi ès cas ſemblables puet eſtre congneu qui eſt léonine ou ſonnant.

Exemple de Balade de neuf vers toute leonyne :

*Vous qui avez pour paſſer voſtre vic,*
*Qui chaſcun jour ne fait que defenir,*
*Vous vivez frans, ſans viande ravie.*
*Se du voſtre vous povez maintenir,*
*Or vous vueilliez du ſerf lieu tenir,*
   *Où pluſeurs par convoitiſe*
*Ont perdu corps, eſperit & franchiſe ;*
*C'eſt de ſervir autrui, dont je me laſſe.*
*Vieilleſce vient, guerdon fault, temps ſe paſſe.*

Exemple de Balade de dix vers, de dix & onze fillabes :

Et ſe doit-on touſiours . garder, en faiſant Balade
qui puet, que les vers ne ſoient pas de meſmes pioz,
mais doivent eſtre de neuf ou de dix, de ſept ou de
huit ou de neuf, ſelon ce qu'il plaiſt au faiſeur ſanz
les faire touz égaulx, car la Balade n'en eſt pas ſi
plaiſante ne de ſi bonne façon.

### AUTRE BALADE.

*Pour quoy fina par venin Alixandre,*
*Qui ſi puiſſans fu & ſi fortunez*
*Que le monde ſoubmiſt en aage tendre,*
*Et commença quinze ans puis qu'il fu nez*
*A conquerir : comment fu deſtinez*
*Cilz qui conquiſt Ynde, ce fut Pompée,*
*Après Theſſale ot la teſte couppée;*
*Et Égipte le fiſt ly roys ſenir*

*Tholomée par traïfon dampnée :*
*Toudis avient ce qu'il doit avenir.*

### AUTRE BALADE.

*Depuis que le diluge fu*
*Et que les cinq citez fondirent*
*Par leur pechié, par ardent fu,*
*Que Loth & fa femme en yffirent ;*
*Ne puis que les prophetes dirent*
*Les maulx dont ly mons fervit plains,*
*Prés de la fin li noms Dieu vains,*
*Et fa loy efcandalifée,*
*Ne fut li termes fi prochains*
*D'eftre monarchie muée.*

Balade equivoque, rétrograde & léonine.

Et font les plus fors Balades qui fe puiffent faire
car il convient que la derniere fillabe de chafcun ver
foit reprinfe au commencement du vers enfuivent, en
autre fignification & en autre fens que la fin du vers
précedent ; & pour ce font telz mos appellez equivo-
ques & retrogrades ; car en une meifme femblance de
parler & d'efcripture, ilz huchent & baillent fignification & entendement contraire des mos derreniers mis
en la rime, fi comme il apparra en cefte couple de
Balade mife cy apres.

### AUTRE BALADE.

*Laffe ! laffe ! malencontreufe & dolente,*
*Lente me voy, fors de foufpirs & plains.*

*Plains font mes jours d'ennuy & de tourmente.*
*Mente qui veult, car mes cuers est certains ;*
*Tains jufqu'à mort, & pour celli que j'ains,*
*Ains mais ne fut dame fi fort atainte,*
*Tainte me voy, quand il m'ayme le mains.*
*Mains, entendez ma piteufe complainte.*

Et convient que toutes les couples fe finiffent par le maniere deffurdicte tout en equivocacion rétrograder ou autrement elle ne feroit pas dicte ne réputé pour équivoque ne rétrograde, fuppofé ore que le derrenier du ver fe peuft reprandre à aucun entendement du ver enfuivant, fe il ne reprenoit toute autre chofe que le precedent.

Autre Balade de neuf & de huit piez, & de huit vers de ryme pareilles ce femble par la maniere de l'efcripre, qui eft une mefme efcripture, & par lettres femblables.

Et ne fe pourroit cognoiftre que par la maniere de prononcer en langue françoife, car les mos fonnent par la prononciation l'un mot une chofe & l'autre une autre ; & ainfi femble que nous avons deffault de lettres, felon mefmes les Hebricux ; & apparra ci-après par la lecture. Item en la dicte Balade à envoy. Et ne les fouloit on point faire anciennement fors ès chançons royaulx, qui eftoient de cinq couples, chafcune couple de dix, onze ou douze vers, & de tant fe puelent bien faire & non pas de plus par droicte regle. Et doivent les envois d'icelles chançons, qui fe comment-cent par *princes*, eftre de cinq vers entez par ceulx aux

rimes de la chançon fanz rebrique; c'eft affavoir deux
vers premiers, & puis un pareil de la rebriche; & les
deux autres fuyvans les premiers, d'eux concluans en
fubftance l'effect de ladict chançon & fervans à la reori-
che. Et l'envoy d'une Balade de trois vers ne doit eftre
que de trois vers auffi, contenant fa matiere & fervant
à la rebriche, comme il fera dit cy-après.

### AUTRE BALADE.

*Chafcuns fe plaint, chafcuns ordonne*
*Sur ce que Dieux a ordonné ;*
*Ly uns dit, quand il pluet ou tonne:*
*Que n'a Dieux le beau temps donné !*
*Las ! c'eft trop pleu & trop tonné,*
*S'il fait chaut on fouhaide froit :*
*Pourquoy eft-on fi mal fené?*
*Encor eft Dieux où il fouloit.*

### L'ENVOY.

*Princes, chafcuns veult mettre bonne*
*Aux euvres Dieu qui tout voit ;*
*C'eft péchiez : fa juftice eft bonne :*
*Encor eft Dieux où il fouloit.*

### D'autres Balades de sept vers.

Item encores puet l'en faire Balades de fept vers,
dont les deux vers font toufjours de la rebriche, fi
comme il puet apparoir cy après :

### BALADE.

*Parfondement me doy plaindre & plourer*
*Et regreter des neuf preux la vaillance,*
*Car je voy bien que je ne puis durer;*
*Confort me fuit, honte vers moy s'avance;*
*Convoitife met en arreft fa lance,*
*Qui me deftruit mon plus noble païs.*
*Preux Charlemaine, fe tu fuftes en France*
*Encor y fuft Roland, ce m'eft advis.*

*Alixandre, qui ot à jufticier*
*Tout le monde par fa bonne ordonnance,*
*Quant il fçavoit un poure chevalier,*
*Armes, chevaulx li donnoit & finance;*
*Pour fa bonté li faifoit révérence.*
*De ce faire font les plus haulx remis.*
*Preux Charlemaine, fe te fuffes en France*
*Encor y fuft Roland, ce m'eft advis.*

*Car chafcun jour me fault amenuifer*
*Par le défault de vraye congnoiffance,*
*Et par déduit qui tient en fon dangier*
*Cil qui doit en moy mettre deffenfe,*
*Par le jeune confeil qu'il a d'enfance,*
*Dont Roboam fut convaincu jadis.*
*Preux Charlemaine, fe tu fuftes en France*
*Encor y fuft Roland, ce m'eft advis.*

### AUTRE BALLADE

S'Eſtor li preux, Ceſar & Alixandre,
Dcyphile, Tantha, Semiramis,
David, Judas Machabée, qui tendre
A ſubjuguer vouldrent leurs ennemis,
        Joſué, Panthaſillée,
Ypolite, Thamaris l'onourée,
Artus, Charles, Godefroy de Buillon,
Marſopye, Ménalope, dit l'on,
Et Synope qui eurent corps crueux,
Revenoient tout en leur region,
Du temps qui eſt ſeroient merveilleux.

### L'ENVOY.

Princes, ſe ceuls qui orent ſi grand nom
N'euſſent tendu à ce qui eſtoit bon,
Leur renom ſuſt en ce monde doubteux ;
Or ont bien fait, & pour ce les loe on ;
Mais ſe tout vir povoient par raiſon,
Du temps qui eſt ſeroient merveilleux.

(*L'Art de diſtier & de fere Chançons, Balades, Virelais & Rondeaulx,* dans les Poéſies morales & hiſtoriques
d'Euſtache Deſchamps, publiées pour la première fois
par G.-A. Crapelet, imprimeur. Paris, MDCCCXXXII.)

### II

La Balade eſt Poëme plus graue que nul des prece-
dens (Sonnet & Rondeau), pour ce que de ſon origine

s'adreſſoit aux Princeſſes, & ne traitoit que matieres
graues & dignes de l'aureille d'vn roy. Auec le temps
empireur de toutes choſes, les Poëtes Françoys l'ont
adaptée à matières plus legeres & facecieuſes, en ſorte
qu'auiourd'huy la matiere de la Balade eſt toute telle
qu'il plaiſt à celuy qui en eſt autheur. Si eſt elle
neantmoins moins propre à facecies & legeretez.

Sa forme eſt telle qu'elle contient trois coupletz
entiers, & vn epilogue communement appellé Enuoy.
Les trois coupletz doyuent auoir tous autant de vers
les vns comme les autres, & vniſones en ryme : car
s'ilz ſont de different ſon, ia la bonne part de la grace
que doit auoir la Balade, eſt eſgarée. Le nombre des
vers en chaſque couplet eſt huittain ou dizain, par foys
ſeptain ou vnzain... L'enuoy ou epilogue meſure le
nombre de ſes vers à la forme du couplet : car ſi le
couplet eſt huiǎain, l'Enuoy ſera quatrain. Si le couplet
ha dis vers, l'epilogue en aura cinq pluś communement : aulcuns foys ſept. S'il eſt vnzain, l'Enuoy ſera
icy de cinq, là de ſix, ailleurs de ſept vers. Et ſi le
couplet a douze vers, comme tu en trouueras, en
aucunes Balades de Marot, l'Enuoy en doit auoir ſept
pour legitime prôpoſition. Voyla quant au nombre des
vers : mais quânt à la ryme, tu entens aſſez ſans mon
auertiſſement, qu'à raiſon de l'analogie, les vers de
l'Enuoy, en quelque nombre qu'ils ſoyent, doyuent
reſembler en ſon, autant des derniers du couplet,
qu'ilz ſont en leur nombre : comme ſi l'epilogue a
cinq vers, ces cinq doyuent eſtre vniſones aux cinq
derniers de chaſque couplet precedent, & ainſi en plus

grand nombre. Mais fur tout fault que tu auifes au
dernier vers du premier couplet, qu'on appelle Refrain,
pource qu'il fe repete entier en la fin de chafque couplet, & de l'Enuoy de mefme. Repete di-ie, non comme
au Rondeau fimple ou double, auquel la repetition du
vers ou hemiftiche eft abondante, c'eft à dire qu'elle
ne diminue point le nombre des vers autrement requis
au couplet, ains eft fupernumeraire. Mais en la Balade
le refrain repeté eft conté pour vn des vers conftituans
le couplet, comme tu peuz voir en cefte Balade de
Marot :

> Quand Neptunus puiffant Dieu de la mer
> Ceffa d'armer Carraques & Galées,
> Les Gallicans bien le deurent aymer,
> Et reclamer fes grans vndes falées :
> Car il voulut en ces baffes vallées
> Rendre la mer de la Gaule hautaine
> Calme & paifible ainfi qu'vne fontaine.
> Et pour ofter Matelots de fouffrance,
> Faire nager en cefte eau clere & faine
> Le beau Dauphin, tant defiré en France.
>
> Nymphes des bois pour fon nom fublimer
> Et eftimer, fur la mer fon allées :
> Si furent lors, comme on peut prefumer
> Sans efcumer les vagues rauallées :
> Car les forts vents heurent gorges halées,
> Et ne souffloyent finon à douce halene,
> Dont Mariniers voguoient en la mer pleine,
> Sans craindre en rien des orages l'outrance :

*Bien preuoyans la paix que leur amene*
*Le beau Dauphin, tant defiré en France.*

*Monftres marins veit on lors affommer*
*Et confommer tempeftes deuallées:*
*Si que les nefz fans crainte d'abymer*
*Nageoient en mer à voiles auallées.*
*Les grans poiffons faifoient faulz & halées,*
*Et les petits d'vne voix fort fcreine*
*Doucettement auecque la Sereine*
*Chantoient au iour de fa noble naiffance,*
*Bien foit venu en la mer fouueraine*
*Le beau Dauphin tant defiré en France.*

*Prince marin, fuyant œuure vilaine*
*Ie te fupply, garde que la Baleine,*
*Au Celerin plus ne face nuifance,*
*Affin qu'on aime en cefte mer mondaine*
*Le beau Dauphin, tant defiré en France.*

Tu trouueras d'autres Balades à double refrain, l'vn repeté au mylieu du couplet, & l'autre à la fin : comme en la Balade de Marot à Frere Lubin : & cefte maniere de refrain double, eft autant rare que plaifante. La Balade au demourant fe fait de vers de huit & dix fyllabes mieux & plus communément. Mais tiens touſiours en memoire cefte regle generalle, que le vers de huit fyllabes eft né feulement pour les chofes legeres & plaifantes. Note conféquemment quant au fait de la Balade, que fa premiere vertu & perfeſſion eft, quand

le refrain n'eſt point tiré par les cheueux pour **rentrer**
en fin de couplet : mais y eſt repeté de meſme grace
& connexion que je t'ay dit au chapitre precedent eſtre
requiſe à la repriſe du Rondeau.

L'Enuoy commence quaſi touſiours par ce mot,
Prince, ſi la Balade dreſſe à homme ; & par, Princeſſe,
ſi à femme, d'où tu peuz congnoiſtre la maieſté & pris
d'elle. Cela toutesfois n'eſt tant neceſſaire que tu ne
trouues en beaucoup d'Enuoys ces mots laiſſez pour
autres mieulx à propos qui ayent pareille ou meilleure
harmonie.

Toute telle difference y a-il entre le Chant Royal
& la Balade, comme entre le Rondeau & le Triolet.
Car le Chant Royal n'eſt autre choſe qu'vne Balade
ſurmontant la Balade commune en nombre de cou-
plez, & en grauité de matiere. Auſſi s'appelle-il Chant
Royal de nom plus graue : ou a cauſe de ſa grandeur
& maieſté, qu'il n'appartient eſtre chantée que deuant
les Roys : ou pour-ce que veritablement la fin du Chant
Royal n'eſt autre que de chanter les louanges, préemi-
nences & dignitez, des Roys, tant immortelz que mortelz : comme il eſt à preſumer que la Balade ayt eſté
ainſi nommée à cauſe du bal, auquel ſe peult croire
que par ſon chant ſe ſouloir accommoder au temps de
ſon origine. Mais afin que tu ne me dies curieux
d'étymologies (qui touchent toutesfoys de bien pres la
force & ſubſtance de la choſe), ie me contenteray de
ce peu, que ie t'en ay dit, pour t'auiſer au reſte que le
plus ſouuent la matiere du Chant Royal eſt vne allegorie obſcure enueloppant ſoubz ſon voyle la louange

de Dieu ou Déeſſe, Roy ou Royne, Seigneur ou Dame ;
laquelle autant ingenieuſement deduitte que trouuée, ſe
doit continuer iuſques à la fin le plus pertinemment
que faire ſe peut : & conclure en fin ce que tu pretens
toucher en ton allegorie auec propos & raiſon. Sa
ſtruĉture eſt de cinq couplets vniſones en ryme, & eſ-
gaulx en nombre de vers, ne plus ne moins qu'en la
Ballade : & d'vn Enuoy de moins de vers ſuyuant la
proportion mentionnée au chapitre précédent. Mais il
a plus de certitude, car peu de Chans Royaux trouueras tu autres que de onze vers au couplet, & conſecu-
tiuement de ſept à l'Enuoy, ou de cinq, ſelon que
l'interpretation de l'allegorie requiert. Car couſtumie-
rement l'Enuoy du Chant Royal porte la declaration
de l'allegorie qui y a eſté deduiĉte, & par là cognoit
ou ſi pertinemment & proprement la ſimilitüde de l'allegorie eſtre accomodée à ce que declare l'Enuoy.
Lequel ainſi comme en la Balade commence par ce
mot, Prince : & repete auec congrue & pertinente con-
cluſion le refrain qui aura par deuant finy chaſcun des
cinq couplets de meſme proprieté & coherence que i'ay
dit en la Balade...

Retien que tu ne liras point de Chant Royal fait
d'autres vers que de dix ſyllabes. Note d'auantage, que
l'elegance & pertinente deduĉtion de l'allegorie eſt la
premiere vertu du Chant Royal : la ſeconde, la coherence du refrain à chaque couplet.

Or liras tu en Marot entre ſes œuures des tiltres
d'autres chantz : chantz paſtouraux, chantz nuptiaux,
chantz de joye, chantz de follie, & ſemblables intitulés

ainſi plus à l'auenture à l'arbitre de l'imprimeur, que
ſuyuant la phantaſie de l'autheur. Quoy que ſoit,
retien ce pendant que le Chant Royal eſt le premier
& ſouuerain entre touz les chantz : & que les autres
ne ſe ſont qu'à l'ombre & imitation de luy. Ainſi en
trouueras tu les vns en forme de Ballade : les autres
en façon d'epigramme, & d'autres en formes de dizains
ou huytains ſeparez, ſans nombre aſſeuré, ne ryme
certaine. Qui en refrain double, qui auec refrain ſimple : qui ſans l'vn ne l'autre. Pourtant voulant faire
chant autre que Royal, ſay-le de la forme que tu pen-
ſeras la plus commode & propre à la matiere dont tu
l'entreprendras baſtir : & tu n'y feras faulte digne de
reprehenſion, mais que tu te propoſes l'analogie par
tout recommandée par moy icy dedans, & ce decore
tant inculque par Horace au diſcours de ſon *Art poëtique*.

(*Art poëtique françois, pour l'inſtruction des ieunes
ſtudieux, & encor pour auancez en la Poëſie Françoyſe*...
A Paris. Par la veufue François Regnault, 1555.)

Cet *Art poëtique* eſt de Thomas Sibilet.


### III


La Ballade peut être écrite en vers de dix ſyllabes
(avec céſure après la quatrième ſyllabe) ou en vers
de huit ſyllabes.

Elle peut commencer par un vers maſculin ou par
un vers féminin...

La Ballade en vers de dix fyllabes n'eſt autre chofe
qu'un poëme formé de trois Dizains écrits fur des
rimes pareilles. Après les trois Dizains vient, — non
une quatrième ſtrophe, mais une *demi-ſtrophe* de cinq
vers, appelée *Envoi*, & qui eſt comme la feconde
moitié d'un quatrième Dizain qui ferait écrit fur des
rimes pareilles à celles des trois premiers Dizains.

La Ballade en vers de huit fyllabes n'eſt autre chofe
qu'un poëme formé de trois Huitains écrits fur des
rimes pareilles. Après les trois Huitains vient, —
non une quatrième ſtrophe, mais une *demi-ſtrophe*
de quatre vers, appelée *Envoi*, & qui eſt comme la
feconde moitié d'un quatrième Huitain, qui ferait
écrit fur des rimes pareilles à celles des trois premiers
Huitains.

L'*Envoi*, claſſiquement, doit commencer par le mot :
*Prince*, & il peut auſſi commencer par les mots : *Princeſſe, Roi, Reine, Sire ;* car, au commencement, les
Ballades, comme tout le reſte, ont été faites pour les
rois & les feigneurs. Il va fans dire que cette règle,
même chez Gringoire, Villon, Charles d'Orléans
& Marot, fubit de nombreufes exceptions, car on n'a
pas toujours fous la main un prince à qui dédier fa
Ballade. Mais enfin telle eſt la tradition. Dans l'*Envoi*
qui termine les Ballades, ces mots : *Prince, Princeſſe,
Roi, Reine, Sire,* font fouvent auſſi employés fymboli-
quement, pour exprimer une royauté tout idéale ou
fpirituelle. C'eſt ainſi qu'on dira : *Prince des cœurs* ou
*Reine de Beauté,* en s'adreſſant au Dieu Amour ou à
quelque dame illuſtre.

La Double Ballade n'eſt autre choſe qu'une Ballade qui renferme ſix Dizains ſur des rimes pareilles ou ſix Huitains ſur des rimes pareilles au lieu de trois Dizains ou de trois Huitains ſeulement dont ſe compoſe la Ballade ordinaire, — & qui, communément, ne ſe termine pas par un *Envoi*...

De tous les poëmes français, la Ballade, ſimple ou double, eſt celui peut-être qui offre les plus redoutables difficultés, à cauſe du grand nombre de rimes pareilles, concourant à exprimer les aſpeéts divers d'une penſée ou d'un ſentiment uniques qu'il faut imaginer & VOIR à la fois. Mais c'eſt ici l'occaſion de révéler un ſecret de Polichinelle. Pour la compoſition de la Ballade, il y a un moyen mécanique d'un emploi ſûr, avec lequel on peut impunément ſe paſſer de tout génie & qui ſuſprime toutes les difficultés. Il conſiſte ſimplement à compoſer en une fois (ſans s'inquiéter du reſte) la ſeconde moitié des trois Dizains & l'Envoi, & en une autre fois la première moitié des trois Dizains, — puis à raccorder le tout. Seulement, en employant ce moyen, on eſt ſûr de faire une mauvaiſe — irrémédiablement mauvaiſe Ballade !

J'ai à peine beſoin de dire en terminant que les poëmes intitulés *Ballades* par Viétor Hugo dans ſes *Odes & Ballades*, par analogie avec des poëmes appelés *Ballades* dans des pays autres que la France, ne peuvent raiſonnablement s'appeler en France des *Ballades*. Car dans une même langue, le même mot ne peut ſervir à déſigner deux genres de poëmes abſolument differents l'un de l'autre ; & pour le

mot *Ballade* en France, depuis longtemps la place
était prise.

(*Petit traité de Poésie française*, par Théodore de
Banville, Bibliothèque de l'Écho de la Sorbonne.)

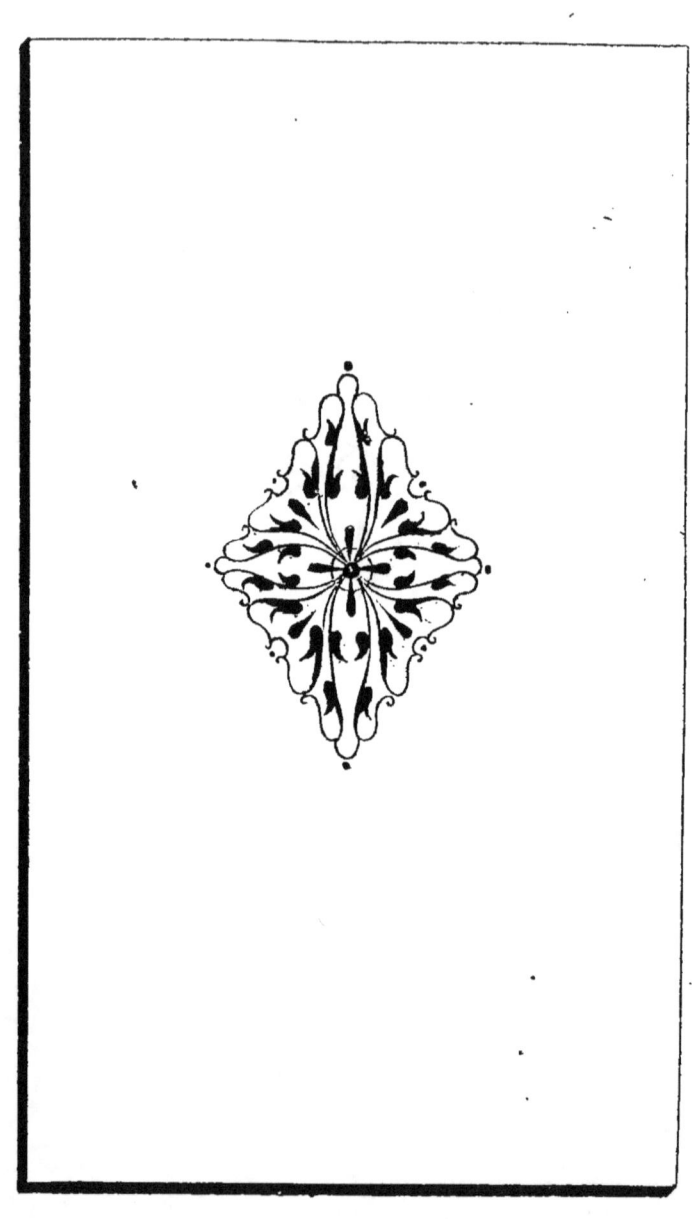

# INDEX DES AUTEURS

# INDEX DES BALLADES

---

ACHEVÉ D'IMPRIMER

*le 15 Février mil huit cent soixante-seize*

PAR J. CLAYE

POUR

ALPHONSE LEMERRE, LIBRAIRE

A PARIS

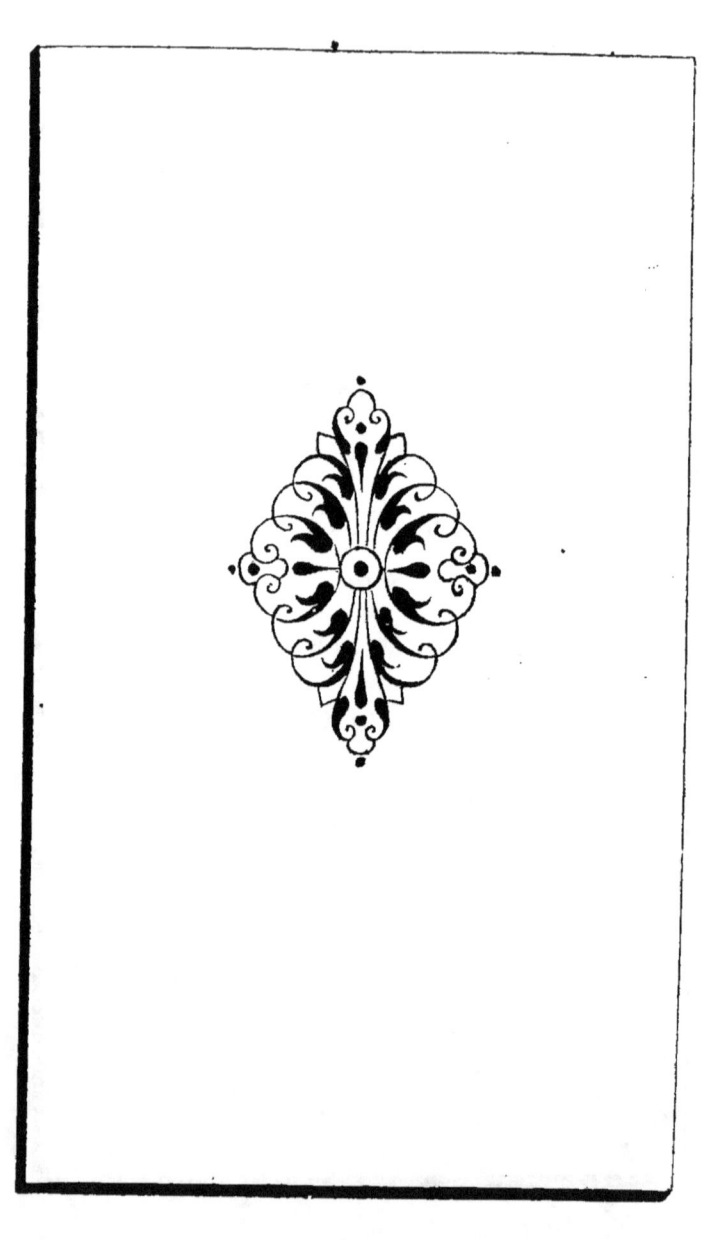

J. Claye, Imprimeur
9 Benoit 7 à Paris

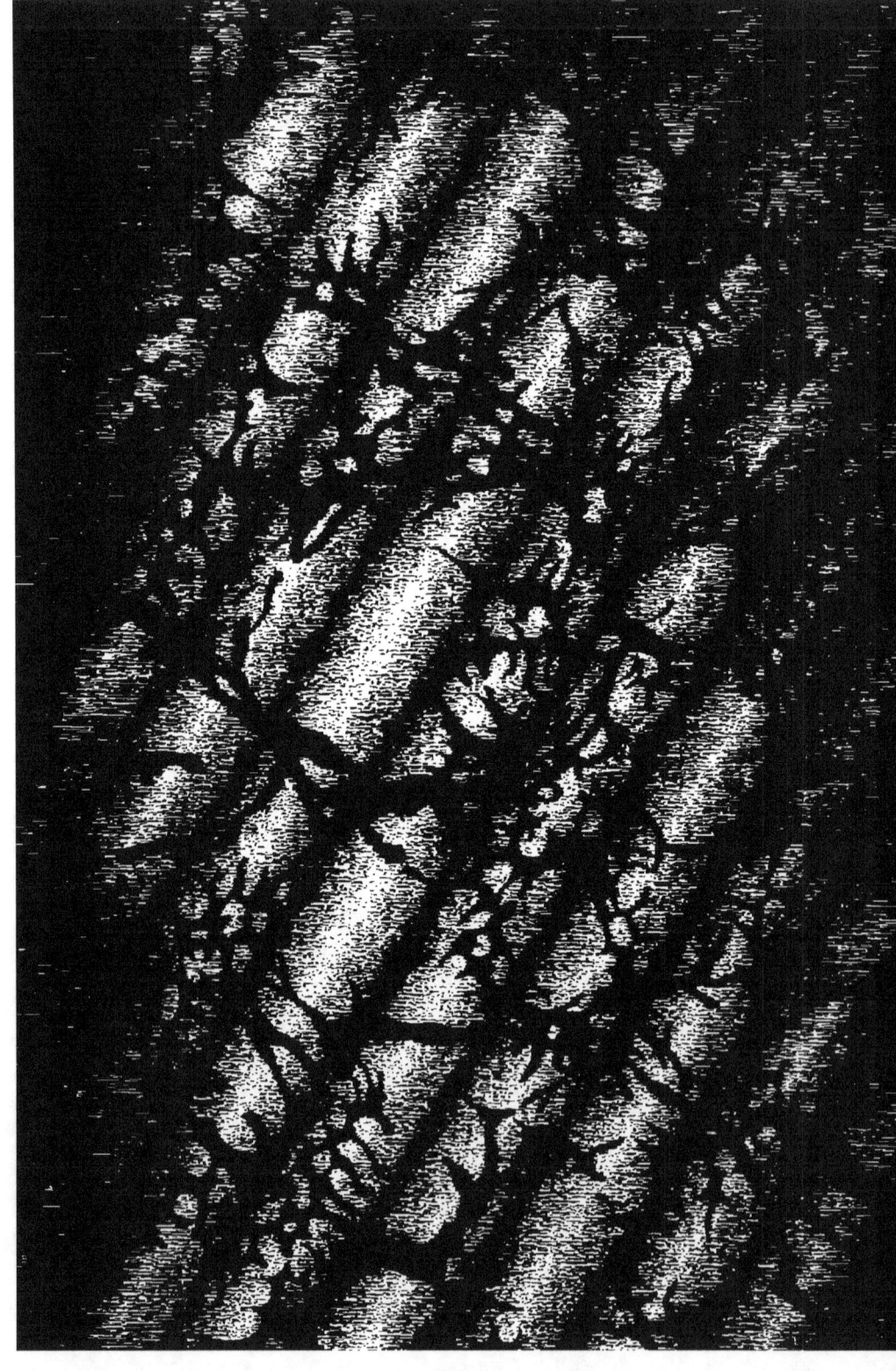

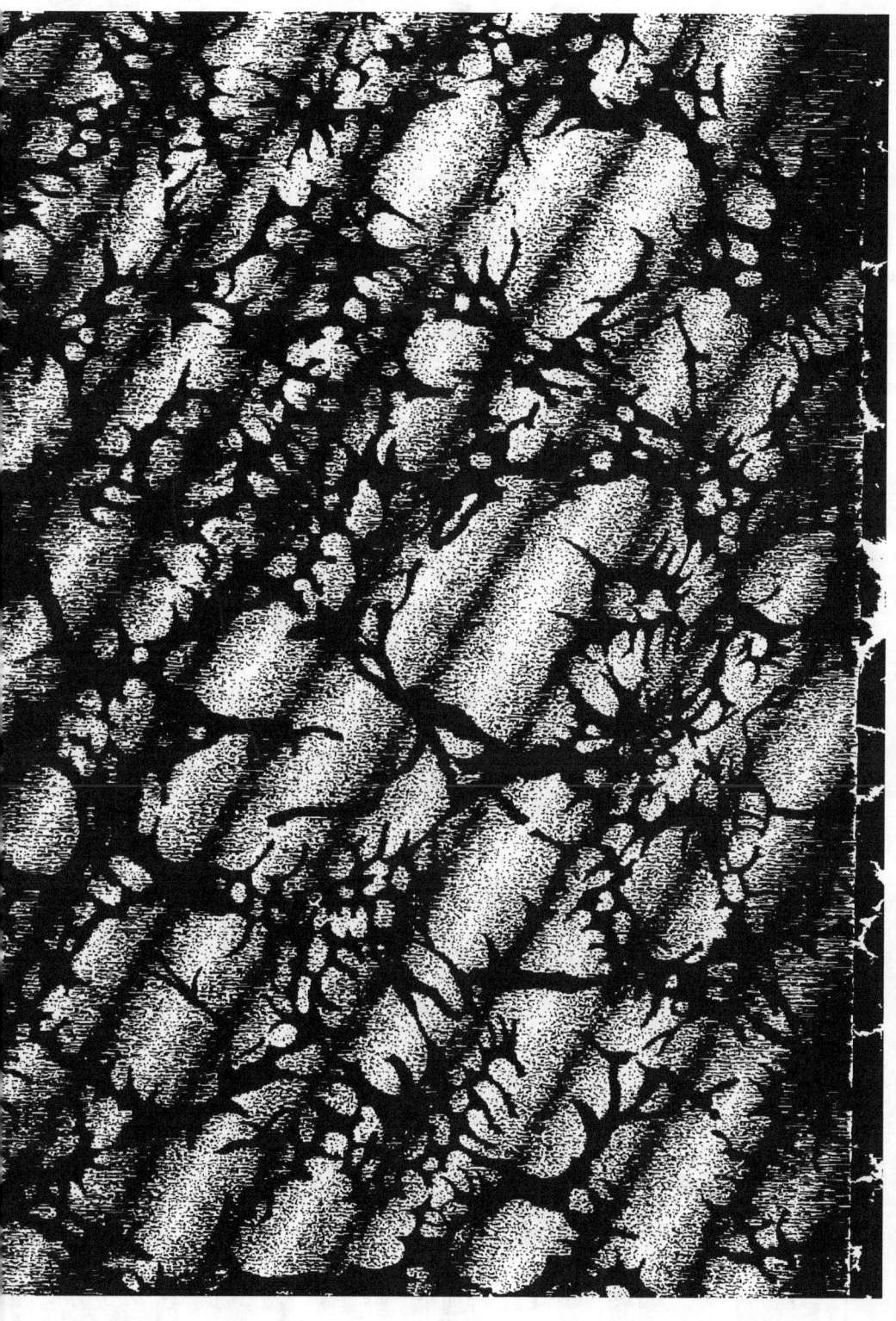

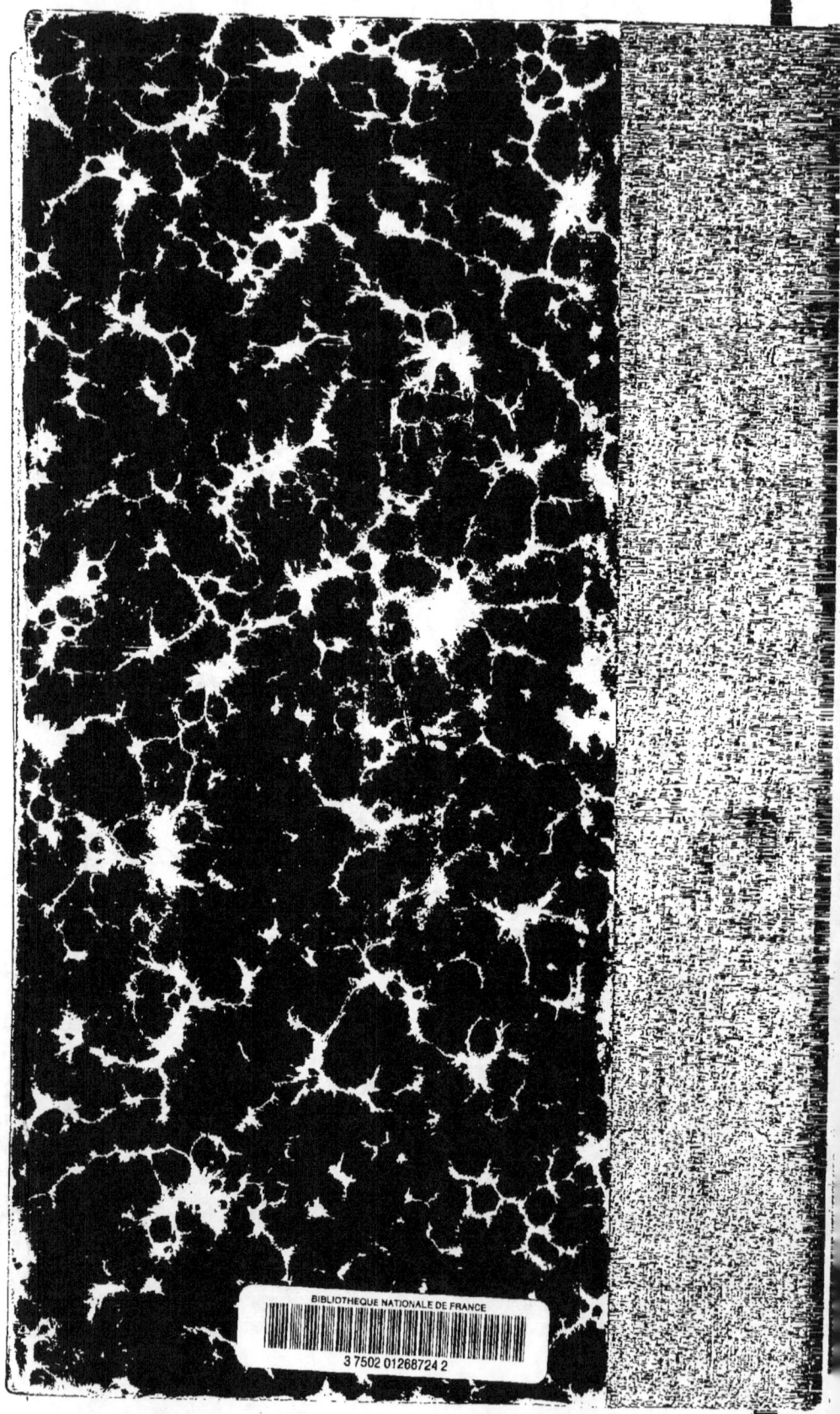

www.ingramcontent.com/pod-product-compliance
Lightning Source LLC
Chambersburg PA
CBHW061448030726
47503CB00005B/1613